ロクでなし魔術講師と禁忌教典《アカシックレコード》
Akashic records of bastard magic instructor
23

Akashic records of bastard magic
instructor

CONTENTS

だって……
グレン君が救えなかった人は
一人もいないんだもの

お前ぇええええええええ!?
この私に一言もなく
こんな辺境で勝手に結婚するたぁ
一体どういう料簡《りょうけん》だぁぁぁあーーッ!?

セリカ＝
アルフォネア

セラ＝
シルヴァース

# ロクでなし魔術講師と禁忌教典《アカシックレコード》23

羊 太郎

ファンタジア文庫

3350

口絵・本文イラスト　三嶋くろね

教典は万物の叡智を司り、創造し、掌握する。
故に、それは人類を
破滅へと向かわせることとなるだろう——。

『メルガリウスの天空城』著者：ロラン＝エルトリア

# Akashic records of bastard magic instructor

## Main

システィーナ＝フィーベル

―

生真面目な優等生。偉大な魔術師だった祖父の夢を継ぎ、その夢の実現に真っ直ぐな情熱を捧げる少女

グレン＝レーダス

―

魔術嫌いな魔術講師。いい加減でやる気ゼロ、魔術師としても三流で、いい所まったくナシ。だが、本当の顔は――？

ルミア＝ティンジェル

―

清楚で心優しい少女。とある誰にも言えない秘密を抱え、親友のシスティーナと共に魔術の勉強に一生懸命励む

リィエル＝レイフォード

―

グレンの元・同僚。錬金術で高速錬成した大剣を振り回す、近接戦では無類の強さを誇る異色の魔導士

アルベルト＝フレイザー

―

グレンの元・同僚。帝国宮廷魔導士団特務分室所属。神業のごとき魔術狙撃を得意とする凄腕の魔導士

エレノア＝シャーレット

―

アリシア付侍女長兼秘書官。だが、裏の顔は天の智慧研究会が帝国政府側に送り込んだ密偵

セリカ＝アルフォネア

―

アルザーノ帝国魔術学院教授。若い容姿ながら、グレンの育ての親で魔術の師匠という謎の多い女性

## Academy

ウェンディ＝ナーブレス

―

グレンの担当クラスの女子生徒。地方の有力名門貴族出身。気位が高く、少々高飛車で世間知らずなお嬢様

リン＝ティティス

―

グレンの担当クラスの女子生徒。ちょっと気弱で小柄な小動物的少女。自分に自信が持てず、悩めるお年頃

ギイブル＝ウィズダン

―

グレンの担当クラスの男子生徒。システィーナに次ぐ優等生だが、決して周囲と馴れ合おうとしない皮肉屋

カッシュ＝ウィンガー

―

グレンの担当クラスの男子生徒。大柄でがっしりとした体格。明るい性格で、グレンに対して好意的

セシル＝クレイトン

―

グレンの担当クラスの男子生徒。物静かな読書男子。集中力が高く、魔術狙撃の才能がある

ハーレイ＝アストレイ

―

帝国魔術学院のベテラン講師。魔術の名門アストレイ家出身。伝統的な魔術師に肯くグレンには攻撃的

Character

Keyword

# 魔術

Magic

—

ルーン語と呼ばれる魔術言語で組んだ魔術式で数多の超自然現象を引き起こす、
この世界の魔術師にとって『当たり前』の技術。
唱える呪文の詩句や節数、
テンポ、術者の精神状態で自在にその有様を変える

# 教典

Bible

—

天空の城を主題とした、いたって子供向けのおとぎ話として世界に広く流布している。
しかし、その失われた原本(教典)には、
この世界にまつわる重大な真実が記されていたとされ、その謎を追う者は、
なぜか不幸に見舞われるという——

# アルザーノ帝国魔術学院

Arzano Imperial Magic Academy

—

およそ四百年前、時の女王アリシア三世の提唱によって巨額の国費を投じられて
設立された国営の魔術師育成専門学校。
今日、大陸でアルザーノ帝国が魔導大国としてその名を
轟かせる基盤を作った学校であり、常に時代の最先端の魔術を学べる最高峰の
学び舎として近隣諸国にも名高い。
現在、帝国で高名な魔術師の殆どがこの学院の卒業生である

Keyword

# 断章　11↓0

その日。その時。その場所で。
彼《か》の者は、運命と出会う。
いとも、大いなる――
いとも、善なる――
いとも、気高く――
げに――眩《まばゆ》き。
――。

「……ねぇ、お兄さんは、どこから来たの？」

その少年は、目の前の青年へ素朴な問いを投げた。

恐らく、年の頃十にも満たない少年だ。裕福な家庭の子であるらしく、身に纏《まと》うスーツやタイ、靴は非常に上質なものだった。

そこは——とある世界の、とある田舎町の、とある広場。

その中央には、この町を象徴する『正義の女神《レディ・ジャスティス》』像が凜々《りり》しく剣を掲げた姿で聳《そび》え立《た》っていて。

その像の足下の台座に、その青年は背を預け、足を投げ出すように座り込んでいた。

実に、奇妙な風貌の青年だった。

全身にいかにも古臭い、ボロボロのマントを纏っている。

腰には緩く湾曲する奇妙な刀剣。

フードを目深《まぶか》に被《かぶ》り、その相貌はよく窺《うかが》えない。

まるで中世の旅人のような装束だが、汚らしさやみすぼらしさはその青年からまったく感じられない。

ある種清貧の聖人や賢者のような、そんな威厳と貫禄《かんろく》が自然と漂っていた。

少年は、そんな青年の前で膝を折ってしゃがみ込み、青年と視点の高さを合わせて、興味津々《きょうみしんしん》とばかりに青年を見つめている。

対して、青年はまさか見知らぬ少年から声をかけられるとは思っていなかったらしい。

しばらく、意外そうに沈黙し、やがて、ふっと口元を緩ませて言った。

「俺がどこから来たかって？　そうだな……遠い所からだな」

「遠い所？　……海外？」

「……それよりも、さらに遠い、気が遠くなるほど遠い所だな」

青年の回答は、少年にとっていまいち要領を得ないものだった。

世間一般の常識と感覚で言えば、その変わった風体の青年はとても怪しい存在だ。

少年がいくら幼いとはいえ、こういう類いの人物とは極力関わり合いになるべきではないことくらいは知っている。

実際、周囲の人々は、この片田舎の町に突然現れた見慣れない青年を警戒し、遠巻きに様子を眺めているだけ。わざわざ話しかける者はいない。

ただでさえ、最近はこの世界のあちこちで、なぜか頻繁に戦争や紛争が勃発し、治安は悪化の一途を辿《たど》り、平和とは言い難《がた》いご時世なのだ。

比較的治安の良《い》い、こんな片田舎の町でも、警戒が強まるのは当然である。

だが。

少年は、その不思議な青年へ言葉を続ける。

「それ、変な格好だね。お兄さん、ひょっとして……魔法使い？」

「お？　お前、いい勘してるじゃねーか」

少年の言葉に、青年がさらに破顔する。

「よくわかったな、ご名答だ。実は俺、魔法使いなんだ」

「……へぇ、やっぱり魔法使いなんだ……」

青年の回答に、少年は曖昧に応じる。

少年が知る限り、この世界に魔法・魔術の類いはない。

かつてはその存在が信じられていたようだが、それは今よりも科学が発展していなかった頃の話……人々の想像力が生んだ迷信、空想上の産物に過ぎない。

今では、物語の中にしかあり得ないものなのだ。

だけど、その時、なぜか少年は納得した。

その青年は本物の魔法使いなのだと、青年の頭のおかしさを疑うより、その言葉を容易《たやす》く信じたのだ。

「その魔法使いのお兄さんは、なんでここにいるの？」

「ちょっと、この世界で、やるべきことがあってな」

「やるべきこと？」

「ああ」

やはり、青年の回答は、相変わらず少年にとって要領を得ないものばかりだ。

だが、そう語る青年の言葉はどこまでも穏やかで、真摯で。

きっと、その青年は、何かとても大切なものを守るため、遙《はる》か遠《とお》い所から、ずっと、ずっと、果てしなき旅を続けているのだろう——少年には自然とそう思えた。

だからこそ。

「寂しくないの？　帰りたくないの？」


少年は、感じてしまったのだ。

ただ一人、ぽつんと佇《たたず》むその青年が。

何か酷《ひど》く寂しげで、儚《はかな》げであったことを。

そして、そんな少年の不躾《ぶしつけ》な質問にも、青年は特に気分を害した風もなく。

軽く視線を上げて空を見つめて、ぽつりと言った。


「そうだな……正直、帰りてえな」

「…………」

「俺はあまりにも長い時間、旅をしてた。あまりにも遠い所まで来ちまった」

「…………」

「故郷には、俺の全てをかけても守りたいと思えた連中がいたんだが……もう顔もよく思い出せねーし、そもそも、帰る方法も、帰り道もわからねえ。

まぁ、俺があいつらと会うことは……もう二度とねえんだろうな」

そう言って、青年は立ち上がった。

踵《きびす》を返《かえ》して、その場から立ち去ろうとする。

これで最後とばかりに、少年はその背中へ問いを投げる。

「……後悔は、ないの？」

「ないさ」

青年は振り返らず、朗らかに答えた。即答だった。

「俺がこうすることで、あいつらを……あいつらの世界を守れるなら、後悔はない。

ただ、歩み続けるだけでいい。

だって、俺は――……」

――〝正義の魔法使い〟、なのだから。

# 序章　セラ＝シルヴァース

——とても静謐《せいひつ》な夜だった。
頬をくすぐる涼やかな夜風に、鈴の音のような虫の声が交じる。
月明かりの下に浮かび上がる朧《おぼろ》げな草原。
それが緩急を描いて果てしなく広がり、風に揺られて波立っていく。
微《かす》かに鼻をくすぐる、草の青い匂い。
そんな雄大なる草原の一角に、その野営地はあった。
馬車が停《と》められ、馬達が草を食《は》む。
焚《た》き火が焚《た》かれ、二つの人影が、その火を囲んでいる。
ぱちぱちと爆《は》ぜる火花。夜の微かな肌寒さを炙《あぶ》る心地好《よ》い熱気。
揺らめく炎がその一角の闇をぼんやり払い、辺りの陰影が影絵のように揺れた。
「なんか……ずっと、悪い夢を見ていたような気がするな」

人影の片割れ――グレンは、小枝で焚き火を突《つつ》きながら、ぼそりと呟《つぶや》いた。

見上げれば、漆黒の暗幕に銀砂を振り塗《まぶ》したような満天の星。

澄みきった空気が、幻想的な星々の輝きを、瞳へ直接届けさせる。

そんな現実感のない風景の中で、グレンはどこか夢見ているような顔をしていた。

「へぇ……どんな夢だったの？」

応じるもう一つの人影――セラが問い返す。

セラは焚き火にかけた鍋で何かを料理しており、その手を止めない。

「どんな夢……と言われると、よく思い出せないから、困るんだが」

グレンがばつが悪そうに頭を掻《か》く。

「なんかこう……怖い夢だった気がする。辛《つら》い夢だったような気がする。苦しい夢だったような気がする。哀《かな》しいことがあった夢だったような……気がする」

ぽつり、ぽつりと語り始めるグレンの言葉に、セラは静かに耳を傾ける。

「俺はその夢の中で、いつも、いつも、限界ぎりぎりまで誰かのために戦い続けて……意地張って……いつだって死ぬ寸前までボロボロになる……そんな悪い夢だ」

「…………」

「いや……ただ、単に悪い夢ってだけではなかった気もする……確かに、辛いこと、苦しいことは多かったが……」

それに匹敵する何かも、あった……ような?

「…………」

グレンは押し黙る。

昼間見ていた夢の内容を思い返せば、思い返そうとするほど、その内容は溶けるように霧散していく。真っ白な記憶の霧の向こう側へ行ってしまう。

そも、夢とは元よりそういうものだ。

「ふふ、きっと長年の疲れが溜《た》まってるんだよ、グレン君」

やがて、セラが鍋の中のスープを皿によそい、グレンへ差し出してくる。

皿から立ち上る温かな湯気。スープから香り立つ芳香がグレンの鼻をくすぐる。

皿越しに伝わってくる熱が、ほんの少し冷たくなっている手に心地好い。

「だって、グレン君はずっと、頑張り続けてきたんだもの……帝国宮廷魔導士団で」

「そうだな」

「グレン君は魔導士として、ずっと皆《みんな》を守るために戦い続けてきた。色々と大変だったから、夢見が少し悪くなるのは仕方ないよ」

「……そうだな」

「それにしても……グレン君って本当に凄《すご》いよね？」

セラは自分の分のスープを皿に注《つ》ぎながら、グレンへ穏やかに笑いかけてくる。

「だって……グレン君が救えなかった人は、一人もいないんだもの」

「…………」

押し黙るグレンに構わず、セラがまるで自分のことのように誇らしげに続ける。

「どんなに絶望的な状況でも、誰もがさじを投げる戦況でも、グレン君は逃げず、諦めず果敢に戦いに挑んで……そして、結局、皆、救っちゃう。一人も取り零《こぼ》さない」

「…………」

「そして、なんとなんと……グレン君は、諸悪の根源、天の智慧《ちえ》研究会もやっつけちゃった。今や、アルザーノ帝国に真の平和を成し遂げた英雄様」

「…………」

「ふふっ、グレン君って……まるで童話で出てくる〝正義の魔法使い〟みたい」

「…………そうだな」

そうだ。

そうだった。思い出した。

（俺は子供の頃からの夢だった……〝正義の魔法使い〟になるという夢を叶《かな》えたんだったな。誰も彼もを救える、凄い魔術師に……俺はなったんだった。

俺はもう、これ以上、歩み続ける必要はない。立ち止まっていいんだ）

──〝違和感〟。


「その功績を讃《たた》えて、私とグレン君に無期限の休暇をくれるなんて……イヴにも、女王陛下にも凄い気を遣わせちゃったね」

「えー、あー？　……そうだっけ？」

「そうだよー」

セラが嬉《うれ》しそうに、頰を赤らめる。

「だって、グレン君ったら……あんなに情熱的に、私に告白してくるんだもの」

「！」

「びっくりしちゃったけど、すっごく嬉しかった。

だって、私の心はもうずっと、貴方《あなた》のものだったから。

でも、貴方はジャネットともすっごく仲良かったし……

それにイヴだって本当は、多分グレン君のこと……

だから、貴方が私を選んでくれたことが、本当に、何よりも嬉しかった」

その二人の女性は、特務分室におけるグレンの同僚達だ。

帝国宮廷魔導士団特務分室執行官ナンバー1《魔術師》のイヴ。

同、執行官ナンバー20《審判》のジャネット。

なぜ、セラがここで彼女達の名前を出したのか、グレンにはよくわからないが……

「奇跡だよね。この広い世界で、たくさんの人達がいる中で、まったく生い立ちが異なる二人が出会って、お互いを好きになって、結ばれるなんて……本当に素敵な奇跡」

…………。

……そうだった。

(俺は……あの時の戦いで……ようやく、自分自身の本当の想《おも》いに気付いて……いつも俺の傍《そば》にいてくれた大切な人のことに気付いて……あの戦いの後、柄にもなく勇気出して、自分の想いをコイツに打ち明けたんだった……そうだった……)

そうだった……？


——〝違和感〟。

グレンは湯気の立つスープを見つめながら、ぼんやりと考える。

あの時の戦いとは、どんな戦いだ？

……確か、本当に最低最悪の戦いがあった気がする。

とある一人の〝狂える正義〟が、暴走して。

確か、その結末は――……


「！」


グレンのそんな薄ぼんやりとした思考は、自分の隣で動いた気配によって中断される。

視線を横へ滑らせれば、いつの間にかセラがいた。

グレンの隣に、セラがその華奢《きゃしゃ》な肢体を密着させるように、ちょこんと座っている。

「セラ……？」

「ん……」

ごく自然と、唇を奪われた。

重なり合う影と影。交換される互いの熱。まるで溶け合うかのように。

しばらくの間、重なる影は微動だにせず……やがて、どこか名残惜しげに影と影が離れていく。至近距離で見つめ合う。

「……私達……素敵な夫婦になろうね、グレン君」

セラが少し目を潤ませて、その薬指に嵌《は》められた指輪を見せながら、幸せそうに微笑《ほほえ》む。

その指輪は……グレンがセラへ贈ったものだ。

「ああ……」

グレンも頷《うなず》く。

すとん、と何の違和感もなく、何かがグレンの中で落ちた。

(そうか、俺達、結婚するんだった……)

そのために、グレンはセラと一緒に、セラの故郷を目指してはるばると、こんな辺境の地までやってきたのだ。

いつかグレンへ見せてあげたい……セラが常日頃そう語っていた、南原のアルディアまで旅してきたのである。

男として、心から愛する女性と結ばれる。これほど幸福なことは他にない。

グレンがどこか感慨深く、セラをじっと見つめていると。

「あっ……その……私達、恋人同士で、しかも結婚する約束までしてる……のだけど、えと……こっ、これ以上のことは、もう少し待っててね……？」

突然、セラは顔を耳まで真っ赤にしながら俯《うつむ》いてしまう。

「以前も話したけど……ほら、私、シルヴァースの《風の戦巫女《いくさみこ》》だから……ちゃんと禊《みそ》ぎの儀式を済ませて、風の神様からお許しを貰《もら》ってからでないと、ダメで……ほっ、本当はね！　今すぐ全部、グレン君にあげちゃいたいんだけど……って、わ、私ったら、何言ってんだろ!?　あはは……」

一人で勝手にテンパり始めるセラ。

グレンとて、今までまったく、そういうことを意識しなかったわけではないが、そんな風にいきなり話題に出されて騒がれると、急に気恥ずかしくなっていく。

「…………」

グレンも頬が熱くなる感覚を抱きながら、それを誤魔化《ごまか》すように、スープをさじで掬《すく》い、パクリと口の中へ持っていく。

美味《うま》い。たっぷりの羊骨から取った濃縮された旨《うま》みを、様々な香草や香辛料がクセなく調えて奏《かな》でるハーモニー。しっかり煮込まれスープが骨まで染《し》みた羊の骨付き肉。

このスープは……セラの故郷、アルディアの郷土料理だ。

帝国軍時代、ことあるごとに、セラがグレンのために作ってくれた料理で。

もう二度と、味わえないと思っていた味。

「……ぁ」

「どうしたの？　グレン君」

不意に小さな声を上げて固まるグレンに、セラが小首を傾《かし》げる。

「一つだけ……思い出したんだ」

「思い出したって……何を？」

「夢。……昼間見ていた夢の内容」

なぜか、不意にグレンの目頭が熱くなる。

理由のわからない涙が目尻に滲《にじ》む。

「その夢の世界の中には……セラ、お前がいないんだ……どこにも……

それが……とても、辛《つら》くて……俺は……」

すると。

セラがグレンの肩に頭を乗せて、グレンに寄り添うように体重を預けてくる。

「私は、ここにいるよ？」

「私は、どこにも行かない。ずっと、ずっと、グレン君の傍にいる」

「…………ああ」

「ずっと一緒にいて、ずっと一緒に年を取って、お互い髪の毛が白くなるまで……安らぎの死が二人を分かつまで……ずっと一緒」

「は、はは……お前の髪……もう、白いじゃねーか……」

「もう、デリカシーないんだから」

ちょっとだけ拗《す》ねたように、くすくす笑うセラ。

甘えるように、安心させるように、セラは猫がじゃれるようにグレンに身体《からだ》を擦《す》りつけて、自分の体温をグレンへと分け与える。

自分は、確かにここにいる、と。

グレンへそう証明するかのように――

「グレン君はどうなのかな？　ずっと私と一緒にいてくれる？」

「そんなの……当たり前だろ」

「はぐらかさないで、ちゃんと言って欲しいな」

「俺は、ずっとお前と一緒にいる。俺はもうどこにも行かない」

「浮気《うわき》とかしたりしない？」

「バカ、するかよ」

穏やかに微笑むセラであったが、その時だけ、ほんの少し表情を引き締めて。

その時だった。

「もし。私以上に大切なことがあったとして。それでも、私と一緒にいてくれる？」

そんな不思議なことを、グレンへと問いかけてくる。

グレンには、どこか持って回ったような言い方をするセラの真意はわからない。

別に、そんな試すようなこと聞かなくても、答えは決まってるだろ……そう思うが、それでも、自分がセラにそれだけ愛されているからだと思えば、満更でもない。

そもそも、心から愛する女と一生添い遂げるなど、言うまでもない。

だから。

「……ああ」

グレンは、静かに、それでいて力強く、セラの言葉に頷くのであった。

すると。

セラは、どこか安堵《あんど》したような。それでいて、どこか哀《かな》しげで切なげな。

そんな不思議な笑みを浮かべて、グレンへさらに体重を預ける。

「……セラ？　どうした？」

「今夜は……もうちょっと、このままでいていいかな……」

「別に、構わねえが？」

「ありがとう、グレン君……、……ありがとう……本当に……」

そうして。

そのまま、二人はぴたりと寄り添いながら、体温を交換し続ける。

互いの心音に、息づかいに、耳を澄まし続ける。

夜が更《ふ》け、月が傾くまで。

ずっと。

……ずっと。

「…………」

冷たくも、心地好《よ》い夜風が、ゆったりと草原を揺らしていく――……

# 第一章　南原のアルディア

——夢を、見る。

そう、それは、ただの夢だ。

夢でなければ、ならない。

「セラァアアアアアアアアアア——ッ！」

夢の中で、俺はぐったりとしたセラを抱き起こし、吠《ほ》えていた。

セラの身体に深く刻まれた致命的な斬痕、噴き出している真っ赤な鮮血。

もうすでに、ぞっとするほど冷たくなっているセラの身体を。

俺は必死に抱き起こし、呼びかける。

「しっかり……しっかりしろ、セラッ！」

「げほっ……ごほっ……痛い……グレン君……私……」

〝もう、駄目みたい〟

震えるセラの唇が、そんな言葉を形作る。

「畜生……ッ！　[redacted]の野郎……よくも……ッ！」

俺の全身が怒りに震える。

なぜか、名前が出てこないが……セラを殺した憎い仇《かたき》に対する怒りと、それ以上にセラを[redacted]から守れなかった自分自身に対する憤怒《ふんぬ》に。

俺は、ぶるぶると震えながら、涙を零《こぼ》すしかない。

もう痛いほどにわかる。

セラとは……これで永遠のお別れだ。

あまりにも唐突で、あっけなさすぎる別れだった。

これからだったのに。

ようやく、俺はセラに対する俺自身の本当の想《おも》いに気付いたのに。

他の何を捨てても、俺はセラだけの〝正義の魔法使い〟になれればいい、とまで思っていたのに。

こんなの……あまりにもあんまりではないか。

「……くそ……セラ……すまねぇ……お、俺は……」

「ううん、いいの……貴方《あなた》が無事で……良かった……」

すでにセラは虫の息だ。言葉を絞り出すのも限界なのだろう。

その声は、まるで囁《ささや》くように小さくなっていく。

草原を吹き流れる心地好い風のようだった声が、もう遠く……ほとんど聞こえない。

「あぁ……でも……帰りたかったな……夢だった……どこまでも広がる……アルディアの草原と……あの……優しい風の匂い……

……懐《なつ》かしいな……帰りたい……叶《かな》うなら……貴方と、一緒に……」

「せ、セラ……」

俺は、セラを抱きしめる。
そうすることで、この世になんとか繋《つな》ぎ止《と》めようと、きつく抱きしめる。
だが。
セラの身体からは、どうしようもなく命が零れ落ちていく。
死神が彼女の手を引き、情け容赦なくどこかへと連れ去っていこうとする。
俺には、もう、何もできない。
そして……最後に。

「ねぇ……グレン……く、ん……」

セラが震える手で、俺の頰に触れてくる。
なぜか、俺に向かって、穏やかに、優しく微笑《ほほえ》みかけてきて。
セラが最後の力を振り絞って、俺の耳元へ口を寄せてくる。
そして、何かを囁くように言ったのだ——

「……、……を、…………で……」

――――。

――。

――。

ごとごとごと……

馬車が行く。

ごとごとごと……

馬車が草原を行く。

どこまでも雄大で、どこまで荘厳《そうごん》で、どこまでも自由な大草原を、馬車が行く。

今日も、空は晴れて抜けるように冴《さ》え渡《わた》り。

常に吹き流れる風は、まるで母親のように優しい。

「…………」

御者台に腰掛けたグレンは、無言で馬の手綱を取り続ける。

背中が丸まり、心なしかその目はどんより、目元にはほんの少しのクマ。

どこか疲れ気味な様子のグレンが、そこにいた。

「どうしたの？　グレン君。なんか……調子悪いみたいだけど？」

グレンの隣に寄り添うように腰掛けるセラが、グレンの横顔を心配そうに覗《のぞ》き込む。

「……いや。クッソ眠ぃだけだ」

グレンがため息交じりにそうぼやいた。

するとと、ますますセラが心配そうにグレンを見つめてくる。

「そういえば……昨夜のグレン君、随分とうなされてたよ。何か……また、悪い夢でも見ちゃったのかな？」

「……ああ、多分、俺の人生において、ぶっちぎりで最低最悪の夢だった」

覇気なく、どことなく不機嫌そうに、グレンが応じる。

「それは……ご愁傷様。よしよし」

セラがそんなグレンを慰めるように、グレンの頭を撫《な》でた。

普段なら、そういう年下の弟をあやすようなセラの態度は、グレンも頑として突っぱねるところだが、その時だけは、その手を振り払う気分にはなれなかった。

「それで、どんな夢だったの？」

「……忘れた」

「え？」

はぁ～っと、グレンが陰鬱そうに深いため息を吐《つ》いた。

「なんでか知らんが、起きた瞬間、まるで蜃気楼《しんきろう》みてーに、また綺麗《きれい》さっぱり記憶から抜け落ちていったんだよ。

ただ……もの凄《すご》く悲しくて、辛《つら》くて……その感情の残滓《ざんし》だけが残ってる」

「そうなんだ。そういうことも、あるのかもね」

なでり、なでり……セラがグレンの頭を撫で続ける。

「ふふっ、そういうことだったら、今夜から一緒に寝る？

人肌のぬくもりがあれば、安心できて夢見がよくなるっていうし……もし、またグレン君が悪夢を見ても、私が夢の中に入って、グレン君を助けてあげる」

「バカ。ガキ扱いすんじゃねぇよ」

揶揄《からか》うように提案してくるセラに、グレンが憮然《ぶぜん》と反論する。

「むぅ……せっかく、グレン君のためを思って言ってあげてるのにぃ～」

「いや、そういう意味じゃなくてだなぁ……はぁ～……」

ぷくぅと可愛《かわい》らしく頬を膨らませるセラに、グレンは再びため息を吐く。

グレンも健全なる男だ。愛する女、しかも想いが通じ合っている相手にそんなことをされては、衝動的に手を出さない自信がないのであった。

「……ま、長旅の疲れが多少出ているだけだろ、多分」

「そうだね。私達、随分と遠いところまでやってきたもんね……もうすぐ、目的地だからがんばろう？　ね？」

「……ああ」

そうやり取りして。

グレンは少々ぼんやりする頭を振って、眠気を払いながら、手綱を操るのであった。

────。

馬車が、草原を行く。

ゆっくりと。

……ゆっくりと。

緩慢に流れていく白い雲。見渡す限り緑の地平線。

まるで、時間の流れが緩やかになったような、そんな感覚。

このような雄大な草原の中にいると、自分がちっぽけになったような気がする。

そんな風景を楽しみながら、グレン達は馬車を進める。

アルディアは、四六時中、風が吹いているような土地柄だ。

全身に心地好《よ》い風を感じながら、馬車を進めていくと、やがて、少しずつ風景が変わってくる。

まず目につき始めたのは、羊や山羊《やぎ》、馬などの群れだ。

大草原の真ん中で、毛むくじゃらの家畜達がむくむくと寄り集まり、のんびりと草などを食べている光景は、非常に平和で牧歌的であった。

風に漂う家畜の匂いも、どこか清々《すがすが》しい。

そして次に目に入るのは、そんな家畜達の主《あるじ》である者達が住まう大きな天幕《テント》だ。

タープの表面に紋様が刺繍《ししゅう》されたその天幕《テント》は、セラに聞いたところによると『シェル』と呼ばれるものらしい。

遊牧民御用達《ごようたし》の移動に適した組み立て式の住居で、風の精霊の加護を乗せているため、防水性・通気性・断熱性に優れ、見た目以上に内部は快適な空間だそうだ。

見渡せば、この大パノラマの広い草原のあちこちに、その様々な紋様のシェルが点在していた。

シェルの周りには、人の姿がちらちらと見える。南原の遊牧民達だ。

皆、セラが着用している魔導士礼服と似たような雰囲気の着物に身を包んでいる。

それもそのはず、セラの魔導士礼服は元々、故郷の民族衣装を戦闘用へと仕立て直したものだからだ。肌の露出部に、赤い顔料で紋様を描いているのも同じである。

そんな遊牧民の人々が、自分達のシェルの周りで、家畜の世話や草原の掃除、炊事洗濯などに黙々と勤《いそ》しんでいる。

そして、グレン達の馬車が、彼らのシェルの傍《そば》を通る度——

「姫様⁉　セラ姫様ではありませんか！」

「お久しぶりです、《風の戦巫女《いくさみこ》》様！　ついに帰郷なされたのですね！」

「この良き風の巡りに感謝を！」

彼らは畏《かしこ》まって、挨拶をしてくる。

そして、いちいち〝今夜は自分達のシェルに泊まって、持てなしを受けてください〟と懇願してくるので、セラは丁重に固辞するのに苦労することとなるのであった。

「……話には聞いていたけどよ」

何度目かの歓待の誘いを断って進んでいると、グレンが少々辟易《へきえき》しながらぼやいた。

「お前って、本当にお姫様だったんだな……」

「もう、何それ？　信じてなかったの？　哀《かな》しいなぁ」

「いや……その、なんていうか……南原の民って、遊牧民族だろ？」

グレンが頬を掻《か》きながら言う。

「季節ごとに、あっちへこっちへ渡り鳥……そういう連中に、いまいち王族とか貴族とかそういうの想像つかなくてなぁ」

「あはは、私達にだって、ちゃんと国や制度があるよ？　皆《みんな》が皆、草原で自由気ままに好き勝手生きてるわけじゃないの。私達なりの秩序があるの」

馬車の操縦を交代したセラが、手綱を引きながら言った。

「南原のアルディアには、様々な氏族が住んでいて、それぞれの氏族ごとに、なんとなく縄張りが決まってるの」

「……ふわっとしてるな」

「そこは仕方ないね。遊牧民だもの」

くすくすとセラが微笑む。

「でも、そうすると……やっぱり氏族間で軋轢《あつれき》や争いが生まれることもあるの。

この草原を諸外国の侵攻から守るため、協力して戦わなければいけないこともあるし。

そういう時の調停役、まとめ役として、全ての氏族の頂点に立つ一族があるの」

「それが、お前の一族……シルヴァースか」

「うん」

セラが誇らしげに頷《うなず》いた。

「ふふん、私の一族シルヴァースは偉いんだよ？　この南原のアルディアに住まう最も旧《ふる》き高貴なる一族で、皆、とても優秀な戦士なの。

先天的に風の神や精霊の加護を強く受けていて、いざという時、南原のアルディアを守るため、全ての氏族の先頭に立って戦うんだから。

まぁ、氏族の皆から、毎年、貢《みつ》ぎ物《もの》を貰《もら》ってるから当然の義務なんだけどね？」

「……なるほど。なんとなくわかってきた」

遊牧民族という特殊性はあるが、要するに各国の伝統的な貴族制とほぼ変わらない。

貴族の領地に住まう領民達は、そこで仕事をして、領主たる貴族へ税を納める。

税を受け取る代わりに、貴族は武力を保持し、いざという時には先頭に立って戦い、外敵から領民達を守る。

そして、そういう貴族制を踏襲するなら、氏族のトップであり調停者であるシルヴァースの一族は、ふらふら気ままに草原を彷徨《さまよ》うわけにはいかない。

奇妙な話ではあるが、遊牧民族なのに、どこか一カ所に定住する必要がある。

「つまり、お前の一族の住まう拠点ってのが？」

「そう、南原のアルディアの首都……アルリディア。私達の目的地だよ」

セラが、そっと遠方を指さす。

すると、遙《はる》か遠《とお》き地平線の辺りに、山々の影が見え始めており、その麓に奇妙な凹凸が小さくあるのが見えた。

明らかに人工物の影——都市の影だ。

「ふぅ……やっとか」

「ふふ、お疲れ様、グレン君。あともう少しだよ」

「……言うて、辿《たど》り着《つ》くのにまだ半日くらいかかりそうだけどな……」

ため息を吐くグレンに、セラは苦笑いした。

「じゃあ、昼には早いけど、ちょっと腹ごしらえでもする？」

「そうだな……体力つけとかねーと」

「うん、わかった。じゃあ、私、食事の準備するね。グレン君は火を熾《おこ》しておいて」

「あいよー……」

馬車を停《と》め、二人は適当な場所で食事休憩を始めるのであった。

そして。

「さぁて、火打ち石はどこだ……と」

グレンが火の準備のために、自分の旅の荷物をごそごそと漁《あさ》っていると。

「……ん？　なんだこりゃ？」

背嚢《はいのう》の底に、奇妙なものを見つけた。

それは……封筒に入った手紙だった。正直、見覚えがない。

ただ、その封筒の表面には、短く〝グレンへ〟と記載されており、自分へ宛てた手紙であることがわかる。差出人の名前はどこにも見当たらない。

なんでこんなものが、自分の荷物の中に入っているのか。

グレンは封を開けて、中を検《あらた》めてみる。

するとそこには――こんな文面があった。

『貴方《あなた》は、きっとこの世界から出られない』

『貴方の存在を、この世界に縛り付ける者がいるから』

『だけど、この世界にはたった一つだけ分岐路が存在し、それが唯一の帰還点』

『貴方の原初を思い出せ。選択を誤るな』

「……なんだこれ？」

意味不明だった。

────。

ついに、グレン達は、南原のアルディアの首都──アルリディアに到着した。

まず、グレン達の前に立ちはだかったのは城壁だ。

アルザーノ帝国で見られるような、見上げるほどに高い城壁ではなく、ちょっとした梯子《はしご》さえあれば、簡単に越えられそうな低い城壁である。

その代わり規模が桁違いだ。左右を見渡せば、消失点の先、地平線の彼方《かなた》まで、緩く起伏する草原に沿って、城壁が延々と続いている。

「私達は遊牧民族だからね。馬で越えられなければそれでいいの」

とは、セラの弁。

城壁の関門を抜けると、今度はあぜ道に沿って、周囲に広大な畑が広がっていた。

畑があることにグレンが驚いていると、セラがくすくす笑う。

「あはは、何？　その顔。私達が全員、放浪生活を送っているわけじゃないよ？　定住を選んで生活している人もたくさんいるんだから」

あぜ道を延々と馬車で進んでいくと、ようやく都市のようなものが見えてきた。

当初はまばらだった建物の密度が、段々と上がっていって。

いつしか、グレン達は大都市の中の大通りを馬車で進んでいた。

碁盤目状に並ぶ建物は、そのほとんどが平らな屋根が特徴的な白いレンガ造りだ。

そして、その壁面には、不思議な民族紋様が赤い顔料で大きく描かれている。

自分が遠い異国へやってきたのだと、強く感じられる光景であった。

「しかし、とにかく人の数が凄《すご》いな……」

アルリディアは南側に連なる山脈の麓に築かれた都市。つまり、雄大な草原が広がる南原の南端──地の果てと言っていい。

そんな都市の大通りは、想像以上に大勢の人々で活況していた。

地面に直接絨毯《じゅうたん》を敷いた露店が、通りに沿ってズラリと並んでおり、様々な野菜や食料、生活必需品、木彫り細工やアクセサリーなどが売買されている。

しかも、商いを行っているのは、アルディアア人達だけではない。

頭にターバンを巻いた南大陸の人間や、藍染めの着物を着た東方・中原諸国の人間、グレン達西側諸国の人間も、ちらほらと見受けられる。

絹織物《きぬおりもの》、絨毯、刀剣、米類、香辛料、岩塩、工芸品等など、皆それぞれの地方の特産品を持ち寄って、たくましく商売に励んでいた。

「遊牧民達の都市なのに、こうして見ると普通の都市と変わらないなぁ」

グレンが物珍しそうに周囲を見渡していると、

「時代も変わったからね」

セラがそう言った。

「遊牧で生活の全てをまかなうのは、一部の氏族を除いてとっくに過去の話だよ。ほとんどの氏族は、この都市で定期的に、遊牧では手に入らない物資を入手するの。幸い、アルディアの特産品……毛織物や各氏族秘伝の薬、お酒などは、世界中で人気の高級品だからね。それを取引するために多くの行商人が来てくれる。そういった人達が、アルリディアに集まって、こんなに発展したんだよ」

「なるほどなぁ」

そうこうしているうちに、都市の中心部に一際《ひときわ》立派で大きなレンガ造りの建物が見えてくる。装飾や紋様も凝っており、まるで城か宮殿のようであった。

「……ひょっとしてアレが？」

「うん、私の実家、シルヴァニア宮殿だよ」

セラが懐《なつ》かしそうに、嬉《うれ》しそうに目を細めて、宮殿を見上げた。

「帰ってきた……私、本当に帰ってきたんだ……」

そんなセラの呟《つぶや》きを前に。

「…………」

なぜか、グレンはかける言葉が見つからないのであった。

────。

やがて、馬車はシルヴァニア宮殿へ到着する。

正門を通って、宮殿敷地《しきち》内に入ると。

「セラ姫様！」

「おかえりなさいませ、姫様！」

「良き風の巡りに感謝を！」

異国情緒漂う前庭にて、宮殿に勤める使用人達が総出でセラとグレンを出迎えていた。

そして今、二人は使用人の案内で宮殿内の通路を歩いている。

向かう先は謁見の間だ。

この宮殿の主にて、白銀《シルヴァース》の一族の族長《ツァイ》、さらには南原のアルディアの王《カン》でもある――要するに、セラの実父に謁見するためである。

「……なんか……緊張してきた……」

セラと並んで歩きながら、グレンはぼやいた。

「え？　どうして？」

「なんつーか、要するにコレって、娘が婚約者の男を初めて父親に紹介するイベントみたいなもんだろ？　ていうか、まさにそれだし。

そういう時って、古今東西、修羅場になるのがお約束というか……」

「あはは、大丈夫だよ、グレン君。お父様は話がわかる人だもの」

セラがグレンを安心させるように微笑《ほほえ》む。

「手紙ですでに話は伝えてあるし、その上で会ってくれるってことは、後は私達が真剣だってちゃんと面と向かって伝えれば、きっと認めてくれるよ」

「そ、そうか……」

「あ。でも、もし反対されたら、私、反乱起こそっかな？　《風の戦巫女《いくさみこ》》である私に味方してくれる人、結構多いと思うし」

「やめてね、それだけは⁉」

「あはは、冗談、冗談。せいぜい、地の果てまでグレン君と駆け落ちする程度だよ？」

「それは……まぁ、俺もやぶさかじゃねーが、そうならないことを祈るぜ……」

そうこうしているうちに。

二人は、立派な両開きの扉の前に辿り着いていた。

煌《きら》びやかな紋様が彫刻されたこの扉の先が、謁見室だ。

「え、えーと、セラ姫様？　こういう時の作法は……？」

「私達にそんなまどろっこしいのないよ？　お父様、失礼しまーす！　セラ＝シルヴァース、ただいま帰りました～」

グレンがおどおどしていると、セラが無造作に勢いよく扉を開いた。

そして、セラに手を引かれ、グレンは謁見の間へ足を踏み入れる。

その謁見の間は帝国式宮殿とは異なり、奥に階段構造がなく高低差はないが、一応、絨毯が一直線に敷かれており、その先に玉座が設置されている。

そして——

「おかえり、セラ」

その玉座に、一人の男が腰掛けていた。

やはり、シルヴァース一族特有の白い髪が特徴的な男だ。

年の頃は四十半ば、年齢相応の貫禄《かんろく》と落ち着きを兼ね備えた美丈夫だ。

すらりとした長身痩軀《そうく》だが、腕や胸元など、着物の露出部から覗《のぞ》く部位は意外と筋肉質で、察するに全身しなやかに鍛え上げられている。

一見、優男という印象だが、その瞳はとても理知的、その佇《たたず》まいは静謐《せいひつ》でありながら隙がなく、男が超一流の戦士であることを否応《いやおう》なく思い知らされる。

そして、そんな男の傍《かたわ》らには、男の妻らしき女が控えていた。

「ふふ、久しぶりね、セラ。……元気だった？」

恐らく、年の頃は普通に考えて、三十代後半のはず。

だが、年齢を感じさせない若々しい外見の美女だ。

黙っていても滲《にじ》み出る母性。

なんといっても、その微笑み、纏《まと》う雰囲気など、全体的にセラそっくりである。

多分、セラが歳を重ねれば、やがてこのようになるのだろう……まさにそんな姿だ。

「そして……君がグレン君だね？」

玉座の男は、しばらくの間、じっとグレンのことを見つめていたが。

やがて。

「ああ……失礼。申し遅れたね、グレン君」

玉座の男は立ち上がって、グレンへと歩み寄る。

そして、グレンの前で右の掌《てのひら》に左の拳を合わせた。

「私の名は、シラス＝シルヴァース。シルヴァースの族長《ツァイ》であり、アルディアの王《カン》を務めている者だ。そして、彼女は私の家内」

「サーラ、と申しますわ」

男──シラスに紹介され、女も右の掌に左の拳を合わせて、頷《うなず》く。

「つまり察しの通り、私達がそこのセラの両親だよ。君のことは、娘から常々便りで聞かされていたけど、こうして会うのは初めてだね。よろしくお願いするよ」

「あ、ええと……その……よろしくお願いします……？」

グレンも見よう見まねで、右の掌に左の拳を合わせ、軽く頷く。

南原に握手の習慣はない。セラから聞いたところによると、これが挨拶だそうだ。

「ええと……シラス陛下……？」

「シラス、でいいさ。立場上、南原を統《す》べる王《カン》であるし、このアルリディアに腰を据えてはいるけど、今でも心は一遊牧民、自由気ままな風の子なんだ」

「そ、そっすか……じゃあ、シラスさん」

含むように笑うシラスに、グレンは恐縮しながら続けた。

「えーと、改めて名乗らせて頂きます……俺……じゃねえ、自分はグレン＝レーダスという者でして……セラさんとは帝国宮廷魔導士団の同僚でして……この度は、その、なんていいますか……あの、自分、お宅の娘さんのセラさんとですね……」

「ああ、それも知ってるよ。君がセラを貰《もら》い受《う》けてくれるんだろう？　婿殿」

緊張でしどろもどろしているグレンに、シラスが含み笑いをする。

「不肖の娘だけど、君のような前途有望で立派な若者が貰ってくれるなら、父親冥利《みょうり》に尽きるというものだよ。ありがとう、グレン君」

「……へ？」

あまりにも何の抵抗もなく話が通ってしまって、グレンが肩透かしを食らっていると。

「おめでとう、セラ。貴女《あなた》も良き人を見つけることができたのね」

「ありがとう、お母様。良き風の巡りに感謝しています」

サーラもセラも、さも当然とばかりにそんなやり取りをしていた。

グレンが目を瞬《しばた》かせていると、シラスはさらに続ける。

「悪いけど、二人の祝言《しゅうげん》はこちらのやり方で挙げさせて欲しい。これでも一応、王族なのでね……掟《おきて》やしきたりなど、色々面倒なことがあるんだ」

「えっ？　いや、それは全然いいっすけど……そんなことより……」

「ああ、ひょっとしてアルディアの跡継ぎ問題を気にしてくれているのかな？　問題ないさ。今、この場にはいないが、シルヴァースの一族には同じ氏名《うじな》を持つ親類縁者が多くてね。誰か適当な若者が次の王《カン》になるさ……くじ引きで」

「くじ引き⁉　くじ引きで王様決めるの⁉」

「こんな宮殿に引きこもるより、草原を自由に駆け回りたい我々にとっては、王《カン》なんて罰ゲームみたいなものだからね。

なんだったら、君とセラの子供が次の王《カン》になってもいいよ？　その子が望むならね」

「色々ツッコミどころ多すぎるけど！　そうじゃなくってですねぇ⁉」

グレンが思わず、うがーっとシラスへ詰め寄る。

「つーか、いいんすか⁉　余所者《よそもの》の俺が、一族の大切なお姫様を娶《めと》ろうってのに、なんかこう、あっさりしすぎやしませんかね⁉」

「あはは、じゃあお約束に従って、私と君とで殴り合いでもやってみるかい？　〝義父《とう》さん、娘さんを僕にください！〟、〝ならん！　貴様のような男に娘は渡さん！〟って」

茶目っ気たっぷりに一人二役を演じるシラス。

「参ったなぁ。私は殴り合いの喧嘩《けんか》にはあまり自信がないんだ……歳だしね」

「いや、それは俺も勘弁願いたいとこっすけど……」

どこか後ろめたそうにグレンが頭を掻《か》いていると、シラスが言った。

「君のことはセラから聞いていたからよく知ってるよ。我らが盟友国たるアルザーノ帝国が誇る英雄様。ならば、釣り合いは充分取れてるだろう？」

「うふふ、それよりもグレン君。私達に宛てる手紙の中で、この子が貴方《あなた》のこと、なんて書いてたか知ってる？　この子ったら、よっぽど貴方のことが好きなのか……」

「わぁああああああ！　お母様っ⁉　わぁあああああああああ──っ！」

くすくす笑いながら何かを暴露しようとしたサーラの口を、セラが耳まで真っ赤になりながら、慌てて塞いでいた。

「は、はぁ……なんていうか……」

そんなどこまでも能天気な三人を前に、グレンが釈然としないものを感じていると。

「まだ納得いかないかい？」

そんなグレンの胸中を察したらしいシラスが、グレンへ話しかけてくる。

「まぁ、君の気持ちはわかるよ。どうして、こうもあっさり余所者の自分を受け入れてくれるのか……誰だってそう思うだろう。逆の立場なら、私だって思うかもしれない」

「えっと……じゃあ、なんで俺を……？」

「親として、子の幸せが一番だから。そんな答えじゃ不服かな？　きっと、君の親御さんも同じように思っていると思うんだけど」

「親……」

ふと、その瞬間、なぜかズキリとグレンの胸が痛んだ。

そして、シラスが言葉を選ぶように、しばし間を空けて、

「それに、外国人の君にはまことに奇妙に聞こえるかもしれないが……風と共に生きる私達には、君には見えないものが見えるんだよ」

そんなことを言った。

「俺には、見えないもの……？」

「そう。君には、君の傍《そば》には、とても良《い》い風が吹いている」

真《ま》っ直《す》ぐグレンの目を見つめてそう語るシラスの顔は真剣そのもので、そこに嘘《うそ》や冗談

が紛れている可能性は微塵《みじん》も感じられなかった。

「……風……？」

「そう、穏やかで心地好《よ》い風。それでいて、どこか力強くもある風。

時に迷ったように流れる方向を見失うこともあるかもしれないが、やがて、ちゃんと正しい方向を見つけて、迷わず真っ直ぐ吹き流れる……そんな風さ」

「……………」

「そのような風が、私の愛娘《まなむすめ》セラの風と合わされば、必ずや良き未来へ君達二人を導いてくれるだろう。長年、風使いとして、このアルディアの草原を駆け抜けた男の目……信じてくれるかな？」

そこまで言われてしまっては是非もない。

そもそも、大事なのは、現在の状況や肩書きでも、過去の生い立ちや起きてしまったことでもない。これから創り出す未来だ。

グレンがまだ、セラを嫁に貰うことに、余所者であることに負い目があるのなら、これから頑張ればいいだけの話。

そんな風に、グレンが心の中で決意を新たにしていると。

「娘も、君のそういうところを気に入ったのだと思うよ」

やはり、それを察したらしいシラスがにっこりと笑った。

「歓迎するよ、グレン君。ようこそ、アルディアへ。願わくば、この地が君にとっての第二の故郷とならんことを……」

——と、その時だった。

「待ってくださいッ！　シラス叔父様ッッッ！」

いきなり、少女の甲高い声が謁見の間に響き渡っていた。

驚いたグレンが振り向けば、息せき切って駆けつけたらしい一人の少女が、険しい表情で開かれた扉の前に立っていた。

年の頃は十代半ば。やはり、シルヴァース一族特有の白い髪。その雪も欺く白い肌のあちこちには、セラのものと似たような紋様が赤い顔料で描かれている。

戦士であるらしく、その少女の手には弓が握られ、腰には曲刀が吊《つ》られ、背中には矢筒が背負われている。

そして、やはりセラのものと似たような戦装束の着物や髪飾りを纏っていた。

今はどこか苛立《いらだ》ったような怒気を帯びているが、その彫像のように固く精緻を極めた端麗な容貌は、いかにも誇り高く勝ち気そうで、まるで妖精のように凜々《りり》しい。

その少女を目の当《まあ》たりにした瞬間。

……なぜ、だろうか？　グレンの口からこんな呟《つぶや》きが、思わず漏れ出ていた。

「……白猫？」

そう呼ばれた少女は、思わず呆気《あっけ》に取《と》られて目を瞬かせる。

だが、次の瞬間、烈火の如《ごと》く怒り始めた。

「誰が猫ですか⁉　誰が⁉　まったく、失礼な人ですねッ！」

ふかーっ！　とグレンに食ってかかると、少女はキッ！　とシラスを振り返る。

「シラス叔父様ッ！　やっぱり私は反対ですッ！　こんな、どこの馬の骨とも知れない人に、セラ姉様を娶らせるなんてッ！」

「……シス、落ち着きなさい」

シラスが苦笑いしながら宥《なだ》めるが、当の少女――シスは興奮冷めやらぬ様子だ。

まるで親の敵でもあるかのようにグレンを睨《にら》み付《つ》けており、今にもその手の弓で矢を射かけてきそうな雰囲気である。

「ははは、失礼したね、グレン君。この娘はシス゠シルヴァース。セラの従姉妹《いとこ》でね……セラの次の《風の戦巫女《いくさみこ》》だよ」

「なるほど。えーと、初めまして？　シス姫様？」

グレンが、こっちの流儀に従い、丁寧に挨拶しようとするが。

「馴《な》れ馴れしく、私の名前を呼ばないでくださいッ！　この余所者めッ！」

ますますシスは激しく睨み付けてきて、まるで取りつく島がなかった。

「ちょ、ちょっと、シス、どうしちゃったの？　グレン君は、私の夫となる人で、一族の大切なお客様なんだよ？」

見かねたセラが、シスを宥めに割って入る。

すると、シスはショックを受けたように目を見開き、やがて、わなわなと俯《うつむ》く。

「……どうして……セラ姉様は、こんな余所者と……わかってるんですか？　セラ姉様は、歴代最高の《風の戦巫女》なんですよ？　もし、結婚するなら、それを辞さないといけないのに……ッ！」

「シス？」

「とにかく！　私はセラ姉様の跡目を継ぐ者として！　次代の《風の戦巫女》として！

こんな人、認めません！

こんな余所者が、セラ姉様から《風の戦巫女》の座を奪っていいわけない！」

おろおろするセラを振り払うように、シスはグレンを再び睨み付ける。

「たとえ、アルディアの全ての氏族が、貴方のことを認めたとしても……私は貴方を認めない！　どうしても、セラ姉様を娶りたいというのならッ！」

すると、シスは矢筒から一本の矢を取り出し、それをグレンの鼻先へ、びしっ！　と突きつけた。

「貴方にこれが受けられますか？」

「……何コレ？」

グレンはキョトンとして、差し出された矢とセラの顔を見比べる。

「ああ、うん、これは、私達の文化圏の決闘の申し込み。その矢を受け取ったら同意」

「あー、決闘……？　決闘ねぇ……決闘かぁ……」

グレンがどこか遠い目をして矢を見つめていると。

シスは勝ち誇ったように、挑発するように宣言した。

「私達南原の民は誇り高き戦士の一族！　軟弱な人に用はありません！

もし、万が一、貴方が私に勝てたら、貴方のことも、セラ姉様との結婚も認めてあげます！　でも、負けるようなら、そんな軟弱な人、セラ姉様には相応《ふさわ》しくありません！　セラ姉様を置いて、このアルディアから出て行ってもらいます！

ふんっ！　どうですか!?　まぁ、余所者の貴方に、これを受ける度胸なんて……って、貴方、なんで笑ってるんですか⁉」

「いや、その、なんていうかさぁ」

グレンは、どこか安心したように表情を緩めているのであった。

『やっぱ、『娘さんを僕にください！』イベントには、こういうお約束がないとなぁ、と
しみじみ思ってさぁ。ぶっちゃけ、逆に安心したわ」

「はぁ⁉ あ、貴方、私のことバカにしてません⁉」

「バカにしてねーよ」

グレンが頭を掻きながら、シラスをちらっと見る。

シラスは、まるで君の好きにするといいとでも言わんばかりに、くすりと微笑《ほほえ》んだ。

それを見たグレンは手を伸ばし、シスから矢を受け取る。

「いいぜ。その決闘、受けてやるよ」

不敵に笑って、指先で矢をくるくる回転させるグレン。

「えっ⁉ グレン君⁉」

突然のグレンの宣言に、驚きを隠せないセラ。

「……なっ⁉」

そして、シスも、まさかこんな余所者《よそもの》に、本当に決闘を受ける度胸があるとは思っても

なかったらしく、目を見開いて硬直するのであった。

「なんだよ、その顔は？　お前が吹っかけた決闘だろ？」

「ふ、ふんっ！　どうやら軟弱な帝国人かと思いきや、度胸だけはあるみたいですね！　まぁ、世の中、度胸だけでなんとかなると思ったら大間違いなんですけど！」

売り言葉に買い言葉で、ますますシスが沸騰していく。

「改めて言っておきますが、私達南原の民は誇り高き戦士の一族！　こっちの決闘の作法は、帝国のように〝最初の出血《ファースト・ブラッド》〟で済まされるような甘いものではないですから！〝何でもアリ《バーリトゥード》〟です！　どっちかが降参して跪《ひざまず》くか、戦闘不能になるまで！　時に死人すら出ることがあるほど、過酷なものなんですから！」

「うへぇ、怖……」

「セラ姉様に粉かけてきたこと、絶対、後悔させてあげますから！　貴方《あなた》みたいな軟弱そうな余所者、この南原から叩《たた》き出《だ》してやる！」

シスはどこまでもグレンを、敵意溢《あふ》れる視線で突き刺してきて。

こうして。

急遽《きゅうきょ》、グレンとシスの決闘が始まるのであった――

# 第二章　南原の人々

「ねぇ、グレン君」

「なんだ？」

グレンが、急遽開かれる決闘のために場所を移動していると、その隣を歩くセラが呆《あき》れたように話しかけてくる。

「なんで、シスの決闘、受けちゃうかなぁ？」

「あー……」

「グレン君との結婚……当の私が承諾していて、私の両親……言っちゃえば、この南原で一番偉い王様とお妃《きさき》様も承諾してるんだよ？　いつもみたいに、のらりくらり受け流しちゃえば良かったのに……」

セラの言う通りであった。

グレンが、シスの決闘を受けなければならない筋合いも、メリットも、まったくと言って良いほどない。当然、それはグレンもわかっている。

わかっているのだが……

「なんとなく……なんだよなぁ」

グレンが自分でも不思議そうにぼやき、頭を掻く。

「シスだっけ？　あいつ、やたら必死でさぁ？　あいつ見てると、なんつーか……決闘を受けてやるのが自然なような気がしてな……一体、なんでだろうな？」

「はぁ……もう、グレン君ったら……」

仕方ないなぁという感じで、セラが苦笑いする。

そして、先を歩くシスに聞こえないように、そっとグレンへとある言葉を、耳打ちするのであった。

「じゃあ、一つだけお願いがあるんだけど——……」

————。

決闘の場は、シルヴァニア宮殿敷地《しきち》内に設けられた闘技演武場であった。

正方形の施設で、東西南北に観客席がある。元々、南原の遊牧民は戦士達の一族であるため、こういう施設も伝統的に存在するのだろう。

そして、その観客席には大勢の人々が集まっていた。

「ていうか、なんでこんなに人が集まってんだよ……？」

中央に設置された正方形の闘技舞台に立ったグレンが、周囲を見渡しながらぼやく。

すると、審判役として同じく舞台に上がっているシラスが、含むように笑った。

「きっと、当代の《風の戦巫女》を娶《めと》らんとする者が、一体どのような男なのか、皆《みんな》、興味あるんじゃないかな？」

多分、アルリディアの市民達に急遽通達して、人を集めたのはこの人だろう。

グレンは、どこか楽しんでいるようなシラスの様子を見て、そう確信した。

「それとね、グレン君。実は今夜、君のことを、我々の親族や南原の各氏族の族長達に紹介しようと思って、このアルリディアに招いていてね。そんな彼らも、観客席で君のことを見ているよ」

見れば、北側の観客席の最前列に、身なりや風格が他の人々とは一味違う老若男女《ろうにゃくなんにょ》がずらっと並んでおり、グレンへ品定めするような目を向けていた。

「シラスさん……アンタ、絶対楽しんでるだろ？　この状況」

「いやいや、そんなことは。私は不本意ながら南原の掟《おきて》に従っただけでね……おお、我が愛娘《まなむすめ》を娶らんとする若人よ、この試練をどうか乗り越え給《たま》え」

まったく食えない人である。

この人の義理の息子になれば、退屈しなさそうだ……と、グレンが思っていると。

「フン！　怖《お》じ気《け》づきましたか？」

戦闘準備をすっかり終えたシスが、グレンの前に立っていた。不敵な笑みを浮かべ、全身から余裕が満ち溢れている。余程、腕に自信があるようだ。

「セラ姉様を娶りたいなんて二度と言えないくらい、コテンパンにしてあげますから」

「あー、うん、そうっすか」

「逃げるなら今のうちですよ？　こんな大勢の前で恥をかきたくなければね！」

「あー、うん、まぁ……」

「な、なんなんですか、その心ここにあらずみたいな感じは!?」

「いや、なんつーかさぁ……」

グレンが、胸中に去来するモヤモヤを言葉にする。

「決闘……以前も、どっかで似たようなことがあった気がしてな……」

「はぁ？」

「その時は……確か、わざと負けてやったんだよなって」

「……はぁ？」

シスは珍妙な者を見るような目でグレンを見るが、当のグレンは気にしない。

「……やる気なかったし……負い目もあったんだろうな、自分がクソしょーもないことでガキみてーにヒネてたせいで、真面目で真剣なそいつを怒らせちまったことに」

「貴方、一体何を言って……？」

するとグレンが戸惑うシスを真っ直《ます》ぐ見て、微笑む。

「お前、セラのことが大好きなんだな？」

「……えっ？」

「自分にとって掛け替えのない大切な存在で、真剣にセラの幸福を願っているから……だから、俺に突っかかってきた。そうだな？」

「だ、だから、貴方、何を……？」

「俺も、セラが好きだよ」

「……ッ!?」

そんなグレンの飾り気のない宣言に、シスが硬直する。

「だから……悪いな、ちょっとマジにいくぜ？　……あの時とは違ってな」

そして。

グレンは、シスへ向かって、ゆるりと身構えるのであった。

――。

こうして、唐突に始まったグレンとシスの決闘。

その場に集った親族や各氏族の族長達、アルリディアの市民達の前評判では、圧倒的にシスが優勢であった。

なにせ、シスは次代の《風の戦巫女《いくさみこ》》の継承者だ。

その未《いま》だ発展途上の秘めたる才覚はセラをも上回るとされ、セラ不在の間、南原で行われる武闘大会では、常に優勝を収め続けてきた強者である。

風の魔術、体術、剣術、弓術、馬術。あらゆる武の才に優れる彼女が、名実共に次代の《風の戦巫女》となることを、南原の誰もが疑っていない。

そんなシスに、ポッと出の男が勝てるはずがない。

皆、そう思っていたのだが――……

――――。

「きゃあっ⁉」

「よっと」

ずだんっ！

シスがグレンに腕を取られて、くるっと投げ飛ばされ、地面へ叩きつけられる。

「おーい、大丈夫か？」

「……な、……な……ッ⁉」

グレンに上から覗《のぞ》き込まれ、大の字になっているシスが、恥辱で顔を真っ赤にしながら、わなわなと震えていた。

こうやって、シスが地面に転がされるのは、何度目だろうか？

しかも、グレンは本気じゃない。シスが怪我《けが》をしないように、明らかに手加減していることが、少し心得がある者ならわかる。

「そろそろ降参しねーか？　別に土下座とかいらんからさ」

「う、うるさいっ！　私はまだ負けてない！」

覗き込んでくるグレンの顔へ、仰向けのままシスが目突きを放つ。

まったく手加減なし、本気で目を潰してやろうとばかりの鋭い一撃だ。

だが。

「あら、まだやんのか」

グレンが、すいと顔を逸《そ》らして、それを避《よ》ける。

「はぁああああああああああああ──っ！」

シスが地面に手をつき、全身のしなやかな発条《ばね》を利用して、起き上がりざまに、グレンへ旋風のような下段回し蹴りをしかけた。

「……やれやれ」

グレンはひょいっと余裕で飛び下がって、それを避けて。

「に、逃げるなぁあああ──ッ！」

シスが抜刀、今度は刀を振るい、嵐が踊るように斬りかかっていく。

振り下ろし、薙《な》ぎ払《はら》い、巻き打ち、回転斬りの上中下──

本気が漲《みなぎ》るこれもまた、稲妻が翻《ひるがえ》るような鋭い剣舞だったが。

「やれやれ、危ないなぁ」

ひょい、ひょい、ひょい。

グレンは特に苦もなく、ゆらりゆらりとかわしていく……

「なんで⁉ なんでよ⁉」

自分の自慢の剣技が掠《かす》りもしない。

猛烈にグレンを攻め立てながら、シスは焦燥も露《あら》わに叫んだ。

「貴方《あなた》の立ち回りにはセンスも才能も感じられない！ 貴方は武術に関して、本当にただの凡人のはず！ なのに、どうして⁉」

「……単純に、経験の差かな」

ぱしっ！

シスが大上段から振り下ろした斬撃に対し、瞬間、グレンはシスの懐《ふところ》に飛び込み、刀の柄とそれを握る手を両手で押さえ込んで、止める。

そのまま、シスの腕を捻《ひね》り、その流れで足払い。

シスの視界が縦にぐるんと回転して——

「——あっ⁉」

次の瞬間、シスは再び地面に転がされて、仰向けで大の字になっていた。

おまけに、グレンに大切な愛刀まで奪われている始末である。

「才能ゼロでも命がけの修羅場を潜《くぐ》りまくった俺と、天才でも命がけの実戦経験はほぼ皆無なお前。さすがに、そう簡単に負けてはやれねえよ」

グレンは、シスの刀を場外へ放り転がして、肩を竦《すく》めた。

「く、ぅ、ううううう……ッ！」

シスが身を起こしながら、ばっ！　と、不意を打つように懐からオカリナを取り出す。

グレンを睨《にら》み据え、そのオカリナに口をつけて吹き始めるが——……

しーん。

ただ、オカリナの美しい旋律がその場に空《むな》しく流れるだけで、何も起こらない。

「だーかーら、それは無駄だって、何度も言ってんだろ」

グレンがため息を吐《つ》きながら、胸ポケットから一枚のアルカナを取り出した。

「固有魔術《オリジナル》【愚者の世界】。俺を中心とする一定領域内の魔術起動《スタートアップ》を完全封殺する……お前が、いかに卓越した精霊使いだろうが、もう関係ねーんだってば」

「ず、ずるい！　そんなのずるいわよっ！」

　ついに、シスは涙目になって、そんなことを叫《わめ》き始める。

「何がずるいんだ、何が……〝何でもアリ《バーリイトゥード》〟ったのは、お前だろーが……」

　呆《あき》れるしかないグレン。

　結局、シスは背伸びはしているが、まだまだ年相応の子供なのだ。

（これじゃ、決闘受けた俺の方が、大人げないぜ……）

　一方、そんな二人のあまりにも一方的な戦いを見物していた観客達は――

「おおおお⁉　見たか、皆の者！」

「あの帝国人、軟弱な都会者かと思えば、存外やるではないか！」

「あの次代の《風の戦巫女》のシス殿を、まるで子供扱いとは！」

「さすが、あのセラ姫様が選んだ御方《おかた》ね！」

「なるほど、確かに我らが姫君の婿殿に相応《ふさわ》しき男やもしれぬ……」

——根っから誇り高き戦士の一族のせいか、派手さはないが卓越した立ち回りを見せるグレンに対して、徐々に好印象を抱きつつあるようであった。

「なぁ、シス姫様……そろそろ終わりにしねえ？」

「な、何よ⁉　まさかもう勝ったつもり⁉」

「……いや、もうどこをどう見たって、勝負ついてるだろ」

「う、うるさいうるさいうるさいっ！」

ブンブンと頭を振り回し、頑《かたく》ななまでに敗北を認めないシス。

最早《もはや》、癇癪《かんしゃく》を起こしたただの駄々っ子だ。

あー、もうどうすりゃいいんだ、とグレンがため息を吐いていると。

「……せ、精霊さえ……精霊さえ喚《よ》べれば、貴方なんて……ッ！」

シスが悔しげにそんなことを言う。

「わぁーった！　わぁーったって！　喚べよ、好きなだけ！」

グレンが呆れたように、アルカナをパタパタさせて胸ポケにしまう。

「ちょうど、今、【愚者の世界】の効果時間が切れたとこだ。その代わり、次の一合で最後だからな？」

「い、いちいちムカつくわね、その余裕！　後悔させてあげるんだから！」

シスがグレンから跳び離れ、距離を取る。

そして、グレンを睨み据えながら、オカリナを吹き始めた。

再び、その場に美しい旋律が流れ始める。それに呼応するように、シスの周囲でくるくると風が踊り出し、風の精霊達が集まってくる。

次の瞬間には、それらの風は猛烈な暴威となり、シスの意のまま自由自在に、全方位からグレンを容赦なく襲う──そのはずだったが。

「よっと」

「⁉」

グレンは自身の身体《からだ》に走る身体能力強化術式に魔力を通し、瞬時に圧倒的な脚力強化を得て、シスの懐へ一気に飛び込んでいた。

まるで影が地を走るような、そのグレンの挙動。

今まで一度も見せなかったグレンの思わぬ速度に、完全に不意を打たれるシス。

そして、グレンはそのまま左手をシスの胸部に当て、その左手の甲へ、右の掌を十字に交差させて押しつけ、一気に力を〝通した〟。

どんっ！


帝国式軍隊格闘術の技の一つ、《通打》だ。

その瞬間、グレンの全体重が、重ねた左手へ一点集中。

シスの胸部を凄《すさ》まじい衝撃が襲う。

されどシスの身体は吹き飛ばず、ただ衝撃だけが彼女の身体を突き抜ける。

「──か、ひゅ⁉」

シスは肺の空気を一気に押し出され、瞬時に呼吸困難に陥る。

当然、オカリナの旋律は中断《キャンセル》され、音色によって召喚支配される風の精霊達は霧散。

そして、シスはそのまま意識を刈り取られ、オカリナを取り落とし、膝からガクンと崩れ落ちて……

「……おっと」

そこを、グレンに片腕で受け止められるのであった。

「悪いな。セラと比べたら術の発動が遅すぎる……って、聞こえてねーか」

自分の腕の中でぐったりとして気を失っているシスを見て、グレンは肩を竦めた。
そして――

おおおおおおおおおおおおおおおおおお――ッ！


グレンの完勝に、観客席から歓声が上がった。

戦士としての力を、堂々と示したからだろうか？

当初、異物を見るようにグレンを見ていた観客達の目が、尊敬、感嘆、賞賛――今や明らかに変わっていた。

「ははは、お見事。改めて勝ち名乗りを上げる必要はないね」

シラスが、手を叩《たた》きながらグレンに近寄ってくる。

「皆《みんな》も、君のことをセラの婿に相応しいと認めてくれたようだ。良かったよ」

「アンタ……人が悪いなぁ」

グレンが頭を掻《か》きながら、呆れたようにぼやく。

「君が優れた戦士であることは、纏《まと》う風でわかっていたからね」

対し、シラスは悪戯坊主《いたずらぼうず》のように笑う。

「ならば、この方が手っ取り早いかなぁ？　と」

「いいんすかね？　お宅の次代の《風の戦巫女《いくさみこ》》様、公衆の面前で結構フルボッコしちゃったんすけど？」

「ほろ苦い敗北というのは、若いうちに経験しておくべきさ。大人になればなるほど、たった一度の敗北や失敗が取り返しつかず、立ち直り難《にく》くなるものだからね。ましてや、彼女のように優れた才を持ち、少々天狗《てんぐ》になりがちな者は特に」

「南原式教育法っすか？　色々、抜け目ねえなぁ……」

そんな風にグレンが呆れていると。

「もうっ！　グレン君ったら！」

なぜかぷりぷり怒ったセラが、グレンの下へ駆け寄ってくる。

「私、決闘前に内緒で言ったよね⁉　ちゃんと手加減してあげてって！」

「えー？　俺、結構したぞー？」

「足りないよ！　もう！」

セラはグレンの腕から、ぐったりとしたシスをひったくる。

そして、シスを地面に横たえ、気付けにかかった。

シスの胸元を緩めたり、指先から小さな風を送ったりして介抱する。

「シス！　シス！　大丈夫⁉」

「……ぅ、んん……？」

しばらくすると、シスが意識を取り戻した。

うっすらと目を開き、焦点を結ばない目で、ぼんやりとセラの顔を見つめている。

「おーい、大丈夫か？　……悪かったな。最後、ちょっとマジになりすぎた」

だが、そんな風にグレンが、セラの後ろからシスの顔を覗《のぞ》き込んだ瞬間。

「！」

シスは、はっ！　と目を見開き、弾《はじ》かれたように身を起こした。

そして、周囲と自分の様子を見比べて、自分の身に一体、何が起きたのかを悟る。

「嘘《うそ》……ッ⁉　わ、私……負け……ッ⁉　そんな……ッ⁉」

そして、そのまま顔を真っ赤にして俯《うつむ》き、悔しさにわななきながら、嗚咽《おえつ》し始めるのであった。

「……ううう……ぐすっ……ひっく……」

「あー？　そんなに痛かったか？　わ、悪かったよ……お前のあの最後の術は、さすがにキチンと止めねーと、俺がヤバかったからな……」

女の子を泣かせてさすがに気まずいのか、グレンが宥《なだ》めにかかる。

「ち、違うわよ……ッ！」

シスはますます拒絶するように、泣きながらグレンを睨《にら》み付《つ》けてくる。

「じゃあ、あれか？　俺みたいなのに負けて、そんなに悔しいのか？　しゃーないだろ、俺の戦い方は万事が万事、〝初見殺し〟なんだからよ。

これでずっと飯食ってたんだ、実戦経験皆無かつ初見のお前を下せなきゃ、立場がねえよ。だから、あんま気にすんな」

「そんなんじゃない！　そういうことじゃないの！」

シスが手の甲で涙を拭いながら、立ち上がった。

「と、とにかく、私は貴方《あなた》なんか認めない！　認めないいんだから！」

「うわーい、話が違うぞー？　シス姫様ー？」

「う、うるさいっ！　うるさいうるさいうるさいっ！」

「あ、ちょっと、シス⁉」

セラの制止も聞かず、シスはそのまま踵《きびす》を返《かえ》して、走り去ってしまうのであった。

「もう……あの子ったら……」

「う～ん、なんなんだ……？」

どうして、シスがここまでグレンを拒絶するのか？

二人が不思議に思っていると。

「ところで、グレン君」

ぽん、とシラスが、グレンの肩に手を置いた。

「ん？　なんすか？」

「実はね、この後、君のために酒宴を予定しているんだ」

「酒宴？」

「ああ。君のことを親族や南原の各氏族の族長達に紹介すると言ったろう？　君の歓迎会と……君とセラが婚礼を挙げる発表を兼ねてね」

「は、はぁ……？」

「ほら、彼らも君に興味津々《きょうみしんしん》だ。君の武勇伝を聞きたがってる」

シラスがグレンの背後を指さす。

グレンがその指につられて振り返ると……

「うおっ⁉」

どーん、と。先ほどまで観客席の最前列に陣取っていた、シルヴァースの親族達や南原の各氏族の族長らしい者達が、もの凄《すご》い威圧感を放って立ち並んでいた。

そして、グレンと目が合うや否《いな》や、全員がもの凄い勢いで詰め寄ってくる。

「婿殿！　先ほどは見事な試合でございましたな！」

「成長途上とはいえ、次代の《風の戦巫女》をああも鮮やかに下すとは天晴《あっぱ》れ！」

「師はどんな御方で⁉」

「今度、某《それがし》ともお手合わせ願えませんか⁉」

「一体、帝国ではどのような仕事を⁉」

「我らがセラ姫様との馴《な》れ初《そ》めは、どのように⁉」

「いやぁ！　貴方のような男が我らが同輩に加わってくれるとは心強い！」

「今宵《こよい》は飲んで、飲んで、飲みまくって、語り尽くし合いましょうぞ！」

がっし！　グレンは族長達に左右と背後を固められ、完全に捕まってしまう。

逃げる隙はまったくない。

「えーと、あの……セラ？　確か南原の一族って……」

この時、グレンの頭の中では、以前、どこかでセラから聞いたとある不穏な情報がぐるんぐるん回っており、それを再確認するようにセラへ問うと。

「えーと、うん、まぁ……皆、お酒、滅茶苦茶《めちゃくちゃ》強いよ」

セラは苦笑いしながら、そう答えた。

「そ、そうだよな……皆が皆、お前みたいに酒がバカ強いのか━……困ったなぁ……」

「え？　私みたいに？　あの……私、一族の中では、お酒弱い方なんだけど……」

「…………………」

思わず沈黙してしまうグレン。

実は、酒に関してセラは、特務分室でぶっちぎり最強である。

たまに特務分室内で飲み会を開けば、ニコニコとした顔で酒を片っ端から空けていき、そのペースは酒豪で鳴らすバーナードですらついていけず、簡単に酔い潰されるほどだ。

そのセラが……弱い方？

グレンが、自分をがっしりと掴《つか》んでくる南原のやんごとない人達を見つめる。

皆、親しげで気安い笑顔をグレンに向けてくれてはいるが。

今のグレンには、それが獲物を前にした地獄の悪魔達の微笑《ほほえ》みにしか見えなかった。

グレンが真っ青になって硬直していると。

セラがそっと耳打ちしてくる。

「あの……グレン君？　死なないでね？

私、結婚前に未亡人になるの……嫌だよ？」

未来の妻のそんな不安げな顔を、グレンはたっぷりとジト目で数秒見つめて。

「だっ、誰か助けてぇぇぇぇぇぇぇぇぇぇぇぇぇぇぇ――ッ!?」

ささ、此方《こちら》ですぞ、婿殿……と、引きずられていくグレンの悲鳴が、辺りに響き渡るのであった――


――。


毛皮のラグが敷かれた広い座敷《ざしき》に、宴会の参加者達が円になって床に座っている。

その円の中心に、様々な料理と酒が所狭しと並べられていた。

焼き饅頭《まんじゅう》、焼き飯、魚の包み揚げ、五目肉うどん、餃子《ダンプリング》、串焼き、焼肉、腸詰め、肉と香草のスープ、ザクロなど果物の盛り合わせ……南原産の臭みとくせのない羊肉に香辛料がたっぷりと利《き》いた料理は、匂いを嗅いだだけで食欲がそそられる。

「ささささ、婿殿！　一杯どうぞ！」

「この私の酌も受けてくだされ！」

「おおおお、なんて気持ちの良い《い》飲みっぷり！　それでこそセラ姫様に相応《ふさわ》しき男！」

そんな宴会場で、シルヴァースの親族や各氏族の族長達が、次から次へとグレンの所へやってきては、ニコニコとお酌をしてくれる。

南原は年功序列や上下関係をあまり気にしない大らかな文化であるらしく、堅苦しさと無縁なのはいいことなのだが……

「あのー、セラ姫様？　ちょっとお聞きしたいことが……ッ！」

族長達が入れ替わり立ち替わりする中、何杯目かの杯を干したグレンが、隣に座るセラへ話しかけていた。

「ん？　どうしたの？　グレン君」

「あ、ああ……その……なんなんだ？　この酒……」

グレンは木製杯の中の澄んだ琥珀《こはく》色の液体を、ジト目で見つめて呻《うめ》く。

「ああ、うん、それ〝ウォト〟だよ」

「ウォト？」

「この南原で一般的に飲まれているお酒なの。この一帯で草原で採れる月雫《シズク》サトウキビの絞り汁を、発酵させて作る蒸留酒だよ」

「な、なるほど、いわゆる糖酒の類いか……」

「そうそう。一昔前は馬乳酒の方が一般的だったけど、ウォトが作られるようになってからはこっちが主流になったかな？　どう？　あんまり口に合わない？」

「いや、口に合うか合わないかで言えば……合う。口当たりはまろやかで芳醇《ほうじゅん》、香りも高く、甘さも控えめで、正直すげえ美味《うま》い。とにかく飲みやすい……」

「そっか。ふふ、気に入ってくれて良かった！」

「飲みやすいんだが、それが逆にキツいんだよ！　一体、何度あるんだコレ⁉」

見れば、すでにグレンの顔は真っ赤であった。

「普通、こんなアルコールのどギツい酒、すぐに飲めなくなっちまうもんだが！　このあり得ないほどの飲みやすさのせいで飲めちまう！　それが辛《つら》い！」

「えー？　そんなにキツい？　そうかなぁ？」

セラは両手で持っている杯の中身──当然、ウォト酒──を、こくこくと上品に飲み干してしまう。

「うーん？　普通だと思うんだけどな……」

「お前が、なんで特務分室中でお酒ぶっちぎり最強だったか、よーくわかった！」

これが普通なら、帝国で飲まれているワインやエールなど、水のようなものだろう。

どうやって、この酒席から逃げるべきか？

グレンが、酔いでぐるぐる回り始めた頭で考えていると。

「ねぇ、ところでグレン君？」

突然、セラがグレンの肩にしな垂れかかってくる。

「ナ、ナンデスカ？　セラ姫様？」

「さっきから皆《みんな》のお酌を受けてばかりだけど……未来の妻である私のお酌は受けてくれないのかなぁ……？」

甘えるような可愛《かわい》らしい顔で、地獄のようなことを言い始めた。

「い、いや、あのですね、セラ姫様？　ぼ、ボク、もう、わりと結構、限界……」

「受　け　て　く　れ　な　い　の　か　なぁ？」

ずいっと。セラは酒の入った陶器瓶を、グレンの眼前に差し出してくる。

その笑顔には、なぜか不思議な圧力と迫力が漲《みなぎ》りつつあった。

いつの間にか、普段は雪のように白いセラの顔は、真っ赤だ。

改めて確認するまでもなく……

「セラ、お前、酔ってるよな？」

「あはは～、酔ってないよぉ～？　私、この南原のお姫様だよぉ？　皆の前で酔っ払うなんて、そんなみっともないことできないもの～」

「酔ってる！　絶対、酔ってる！　もうそれ、酔ってるやつの常套句《じょうとうく》だもん！」

「大丈夫、大丈夫〜」

何が大丈夫なのか、セラが身を乗り出して、グレンの持つ杯へ酒を注《つ》いでいく。

もちろん、杯のふちから溢《あふ》れんばかりに、なみなみと、だ。


「ぉ、おおおおおおおお⁉　さすが婿殿！」

「武も強く、酒も強い！　それでこそ、漢《おとこ》！」

「やはり、セラ姫殿の目に狂いはありませぬでしたなぁ！」

「「「あっはははははははははははははは！」」」


大はしゃぎで騒ぎ立てる族長達を前に、グレンは虚無の表情であった。

「はい、グレン君、飲んで〜？　愛する妻からのお酌だよぉ？　愛情いっぱい〜」

「い、いや、だからな、セラ……お、俺はもう……」

どこまでもぐいぐい攻めてくるセラに、グレンが頬を引きつらせていると。

「婿殿のぉ〜？　ちょっといいとこ、見てみたい！」

「「「そーれ！　イッキ！　イッキ！　イッキ！　イッキ！」」」

突然、族長達が頭上で両手を叩《たた》いて、コールを始めた。

「ええええい、このバカ共がぁあああああ！　それは世界共通かよ、ド畜生ォオオオオオオオオオオオオオオーーッ！」

もう、やけくそのようにそう叫び、グレンは立ち上がって杯を一気にあおる。

途端、そんなグレンの姿に、諸手《もろて》を挙げて大歓声を上げる宴会の参加者達。

「あはは！　グレン君、すごい！　さすが、私のお婿さん！」

セラもいつになく、子供のように大はしゃぎだ。

「オラァ！　次、誰だ⁉　かかってこいやぁ！」

とりあえず空《す》きっ腹《ばら》は拙《まず》いので、餃子《ダンプリング》を一個引っ掴んで囓《かじ》りつつ（実はまだ何も食べてなかった）、グレンは涙目で周囲を見渡す。

するとーー

「ほう？　やるな……ならば、我と飲み比べ勝負だ！」

「いやいや、わしが！　若いモンにはまだまだ負けん！」

「某《それがし》と一献、酌《く》み交《か》わしてくだされぇえええええ！」

そんなグレンの下へ、酒瓶を持った連中が、次から次へと押し寄せてくる。

地獄の宴《うたげ》は、まだまだ始まったばかりだった――……


――。


「うぇっぷ……さすがにしんどい……」

――深夜。

グレンを取り囲んでの、飲めや食えや騒げや歌えやの宴もさすがにお開きとなり、というか参加者全員が完全に酔い潰れ、死屍《しし》累々の光景が広がるなか。

グレンは会場を後にし、宮殿の中庭で夜風に当たっていた。

「ったく、あの連中……俺を殺す気か……？」

酒気で火照《ほて》った身体《からだ》に、優しく吹き流れる風が心地好《よ》い。

見上げれば、美しい月。

満天の星。

もう酒は散々飲んだが、思わず月見酒をやりたくなるような光景だった。

「ははは、無事だったかい？　グレン君」

人の気配を感じたので振り返れば、そこにはシラスが立っていた。

「しかし、君は凄《すご》いね。まさか、最後まで残るなんて」

「あー、いや。実はちょいズルしてたっす。途中から【ブラッド・クリアランス】を何度か内緒で使ったんで。正直、あの世が見えかけたっすから……」

白魔《しろま》【ブラッド・クリアランス】。体内の血液浄化の呪文だ。

本来は解毒《げどく》用魔術だが、ちょっとした応用でアルコールを分解することもできる。

ただ、それでも、今にもぶっ倒れたいくらいフラフラではあるのだが。

「なるほど……帝国が世界に誇る魔術の技だね？　便利なものだ」

酒宴での禁じ手を知っても、シラスは特に気分を害することなく穏やかだった。

「その術といい、昼間のシスを完封した魔術といい……やはり、帝国の魔導技術は日進月歩だね。我らも、呪歌に魔曲、精霊召喚術……魔道の技には伝統的に自信あるけど、そろそろ時代遅れなのかもしれない」

「そんなことないと思いますどね……」

反応に困り、グレンが曖昧にそう答えていると。

「グレン君。南原のアルディアはどうかな？　忌憚《きたん》ない感想を聞かせて欲しい」

シラスがグレンの隣に並び、同じく空を見上げて、聞いてくる。

「そうっすね……」

グレンは嘘偽りのない言葉を探すように、空へ視線を彷徨《さまよ》わせて。

「……良《い》いところ、っすね」

やがて、はっきりとそう言った。

「水も空気も良いし、酒も料理も美味い。何より、この草原に生きる連中って……なんだか気持ちいい人ばっかりっすね。……バカとも言いますけど」

「ははは……皆、生来、この草原と風を愛する生粋の自由人なんだ。大らかな気質の者が多いのは事実だね」

「自由すぎやしませんかね？」

グレンは、先ほどの酒宴の様子を思い返しながら、少々呆《あき》れ気味に言った。

「ははは、その点に関しては耳が痛い。でも……まぁ、とりあえずは気に入ってくれたようで良かった」

シラスが穏やかに微笑《ほほえ》んだ。

「そして、ありがとう、グレン君。君の隣にいるあの子……セラは、とても楽しそうで、

「……そうっすかね？」

先刻、さすがにぐてんぐてんになって、母のサーラに介抱されながら寝所へ戻っていったセラの姿を思い浮かべる。

まぁ、確かにいくら酒が強いと言っても、普段のセラはあんな飲み方はしない。

久々に故郷に帰って気分が高揚していたのか、それとも……

「《風の戦巫女《いくさみこ》》……南原のアルディアの守護者。これは我々シルヴァースの一族に生まれる女の宿命なんだけど……はっきり言って、重い宿命だよ。

南原の平和と安寧を、一身に背負わなければならない。風統《す》べる大いなる神と交信できる巫女には、それだけの力と責任があるのだから」

「…………」

「結婚と同時に引退して、次代に引き継ぐしきたりとはいえ……今まで、あの子にはその重責を負わせ、色々と苦労をかけてしまった。……色々とね」

「…………」

「だから、これまで色々と苦労をかけた分、セラには幸せになって欲しい。……それだけが、父親としての私の願いだ」

そう言って、シラスがグレンを真っ直《ま》ぐ《す》見つめる。

そして、静かに頭を下げて言うのであった。

「グレン君。どうか……これからは、ずっと娘の傍《そば》にいてやって欲しい。この南原に居を構えてもいい、帝国に定住してもいい。ただ、娘の傍にいて欲しい。君が……娘にとっての幸せなのだから」

そんなシラスの真摯な願いのこもった言葉に。

「ええ、もちろんですよ。俺は、間違ってもセラを手放しません。絶対、一生をかけてセラを守り抜きますから」

グレンは、そう静かに、はっきりと答えるのであった。


ズキリ。


どこか、胸の奥のどこかが。

なぜか、痛むのを覚えながら——……

# 第三章　南原の教師

――夢を、見る。

なんだか、最近、よく見る変な夢だ――……

～～～～。

戦っている。

夢の中で、どこかで見たことあるような少女達が戦っている。

無限の宇宙空間のような場所で――三人の少女達が、一人の男と壮絶に戦っている。

一体、どういうことなのか？　これが夢の中だからだろうか？

三人の少女達も、その男も、想像を絶するような超神秘を振るっていた。

「はぁああああああ――ッ！　《Iya, Ithaqua》ッ！」

白き衣を纏《まと》った銀髪の少女は、どこかの誰かに似た風使いだ。

外宇宙の大いなる風の神性を従え、光の風に乗って、光の速度で空間を移動。

あらゆる次元と空間を超えて届く風を自由自在に操り、光速の風が生み出す、必滅の絶対零度の凍気で、その男を苛烈に攻め立てていく。


「――応えて！　【私達の鍵】ッ！」


右手に銀の鍵、左手に黄金の鍵を携えた金髪の少女は、時空間の支配者だ。

銀の鍵で空間を、黄金の鍵で時間を、自在に操作する。

次元の捻《ねじ》れが、亀裂が、歪《ゆが》みが、零次元空間圧縮が。

刹那に過ぎ、あるいは巻き戻される数億年の時間が、小規模黒孔《ブラックホール》が。

その男へ容赦なく襲いかかる。


「……ん、【絆の黎明・神域《ディブレーク・リンク》】！　いいいいいやぁあああああああ――ッ！」

小柄な青髪の少女は、剣を持たぬ剣士だ。

人の在り方を保ちながら、自らを至高の剣と昇華させた、剣神だった。

この世界に存在するあらゆる運命と概念を斬り裂く究極の斬撃が、黎明《れいめい》の銀色に輝き、幾千もの閃光《せんこう》となって、流星群のように男へ襲いかかる。

そんな三人の少女達の攻撃を食らえば、普通なら塵《ちり》も残らない。

魂も滅殺され、概念も滅ぼされ、来世すら残らない。

禁忌教典《アカシックレコード》から存在すら抹消されるだろう。

だが、そんな壮絶な攻撃を——


「正義《ジャスティス》！」


男は、全て真っ向から跳ね返す。

そして、無数の天使を従え、左腕の黒剣を振るい、少女達を蹴散らしていく。

「はははははははははははははははは！」

手加減でもしているのか、男は余裕の表情で嗤《わら》っている。

対して、三人の少女達は常に全力全開、全身全霊でもって、ギリギリの領域で男の攻撃を凌《しの》いでいるらしく、非常に苦しげな顔であった。

(……はは、なんだこれ？)


俺は思わず、乾いた笑いを零《こぼ》した。

馬鹿げている。まさに夢だ。ご都合主義だ。

夢の中だからこそ為《な》せる超展開だ、そうに決まっている。

そうでなくてはならない。

はっきり言って、三人の少女達に勝ち目はない。どこの世界でとは言わないが、この少女達は間違いなく、その世界で最強クラスの三人だ。

だが、少女達が相対する男は、それを遥《はる》かに上回る。

まさに大人と子供の戦い。勝てっこない。絶望的だ。

だと、いうのに……一体、彼女達にどんな希望があるというのか。

少女達は、これだけ力の差を見せつけられて、戦うのをやめない──……


「ルミア！　リィエル！　まだ……いけるわよね⁉」

「うん、大丈夫……ッ！」

「……ん！　行ける……ッ！」

周囲の星々が砕け散る様を背景に、三人の少女達が再び、高笑いする男に向かって構え直す。

「先生は……絶対に帰ってくる！　それまで絶対に凌ぎきるわよ！」

「うん！」

「ん！」

銀髪の少女の叫びに、金髪の少女と、青髪の少女が勇ましく応じる。

「どんな夢を見ていようが……あの人が、そのまま歩みを止めるわけがない！

夢の中で立ち止まり続けるわけがない！

だって、あの人は……ッ！　あの人は……ッ！」

一体、あの銀髪の少女は、何を言っているのだろう？

意味がわからない。

夢の中で立ち止まり続ける人？

いや、何を言ってんだ――お前達が夢だろうに。


～～～。


「……おえぇ……完っ璧に二日酔いだぜ……」

「あはは……ご苦労様」

酒宴という名の地獄を乗り越えた、次の日の早朝。

グレンは、セラと共にシルヴァニア宮殿内の通路を歩いていた。

南原には今日も心地好《よ》い風が吹いており、吹き抜けの回廊を通っていく。

「【ブラッド・クリアランス】しといてこれとか、どんだけだ……南原、怖ぁ」

「きっ、昨日は、ほら……グレン君を加えた初めての宴会だったから……私達の婚約も正式に発表された席だったし……だから、その……皆《みんな》、テンション上がりすぎただけだっていうか……次からは、ここまで派手にやらないと思うよ……多分」

「最後の一言が不安すぎる」

辟易《へきえき》しながら、グレンがぼやく。

後でもう二、三回、【ブラッド・クリアランス】しておこうと心に決めながら、グレンはセラに聞いた。

「ところで、シラスさんが俺に用事って……なんだ？」

「私は聞いてないよ。お父様から直接、グレン君にお話があるんじゃないかな？」

「はぁ……厄介ごとじゃなきゃいいんだが……」

こうして。

グレンは、セラと共にシラスの部屋へと向かうのであった。

――――。

「あはは、朝早くすまないね、グレン君」

シラスの部屋に入室すると、いつも通り穏やかな様子のシラスが、微笑《ほほえ》みながらグレンを迎えていた。

「大分、調子悪そうだね？　大丈夫かな？」

「いえ、大丈夫っす……酔ったせいか、少々夢見が悪かっただけっすから」

グレンが首を振りながら応じる。

何か大事な夢を見たような気がするのだが……もうよく思い出せなかった。

「ところで、俺に用事ってなんですか？」

「ああ、そうだね。一つ一つ順を追って話そう。

まず、君とセラの婚礼の儀についてだが……一週間後に決まったよ」

「！」

「こちらも色々と準備があって、今しばらく時間がかかるんだ。それまで、ゆっくりと過ごして欲しい。……どうかな？」

「いや……別に構わねっすよ？　むしろ、色々とよろしくお願いします」

「ありがとう。一族総出で盛大に祝わせていただくよ。セラもそれでいいかい？」

「……ありがとうございます、お父様……」

セラが嬉《うれ》しそうに笑った。

「で、シラスさん？　その口ぶりからすると、話ってそれだけじゃないっすよね？」

「ふっ……話が早い」

グレンの促しに、シラスが微笑む。

「そう、実はグレン君に頼みがあってね。客人にこんなことを頼むのもなんだが……でもこれは君という新しい風でなければできないことなんだ」

「えーと？　具体的に、俺は一体何をすれば？」

「単刀直入に言おう。グレン君……教師を務めてみる気はないかな？」

そんなあまりにも予想外なシラスの言葉に。

「……えっ？　きょ、教師ぃ～ッ⁉　俺がぁ～ッ⁉」

グレンは思わず、素っ頓狂な声を上げるのであった。

――――。

シラス曰《いわ》く。

南原は無限のような大草原に自由を愛する民が住まう地……ではあるが、文化や伝統そのものは、わりと保守的で閉鎖的なものであるらしい。

だが、時代は変わる。

時が流れるまま、人が変わり、価値観が変わり、技術が変わり、常識が変わる。

古きを護《まも》り、伝統をありがたがるだけでは、時代の風に乗り遅れてしまう。

南原のアルディアは、未来のためにも新しきを学び、この世界の有り様を学び、自己研《けん》鑽《さん》と成長を続けなければならない。

君の若く潑剌《はつらつ》とした力と知識を是非、貸して欲しい――……

「――と、シラスさんはご立派に仰《おっしゃ》っていましたがね。

要は、最近、アルリディアに作った魔術学校に教師が足りないから、当面、暇な俺がやれってことだよな？　なんか上手《うま》く丸め込まれた気がするぜ……」

指定の場所を目指してアルリディアの街の中を歩きながら、グレンはぼやいていた。

「まぁ、グレン君は、帝国の世界最先端の魔術をとても高いレベルで習得した魔術師だからねー。お父様としてはそれを捨て置く手はないだろうし」

「知識はともかく、腕自体は今でも三流だけどな」

「もう、卑下しないの。それに、グレン君に教師って、なんかお似合いだと思うよ？」

グレンの隣を歩くセラはご機嫌だ。

「グレン君って人にものを教えるの上手いし、なんだかんだで面倒見が良さそうだもん」

「そうかぁ？　教師なんてガラじゃーねぇよ。遅刻しまくり、授業サボりまくりのロクでなし魔術講師になりそうだぜ……」

「いいじゃない、やってみなきゃわからないよ？」

セラがくすくすと笑う。

「それに……私も結婚して、正式に《風の戦巫女《いくさみこ》》を引退したら、帝国軍時代に学んだ知識や経験を生かして、教師になろうかなって思ってたところだし。ふふっ、グレン君と一緒に、夫婦で教師なんて……なんか素敵じゃない？」

「…………、まぁ……、うん、…………まぁ…………」

ジト目で顔を赤らめて、押し黙ってしまうグレンの図。

素っ気ない反応ではあったが、それ悪くないな……と、グレンは心のどこかでそう思ってしまったのだ。

「……と、そうこうしているうちに、件《くだん》の学校に着いたな」

グレンが足を止めて、視線を上げる。

その学《まな》び舎《や》らしき建物が、通りの先に見えてきたのだ。

「アレか」

それは街の外れ——まばらな木々に囲まれた広場のような場所にあった。

わりと、こじんまりとした建物と敷地《しきち》だ。

グレンの故郷——アルザーノ帝国南部ヨクシャー地方にある学究都市フェジテには、アルザーノ帝国魔術学院という帝立の巨大な魔術教育施設が、広大な敷地と共にあったが、目の前の学校はその規模には遠く及ばない。

アルリディアの一般的なレンガ造りの住居と比べたら、とても大きく立派だが、見上げるほどというものではない。

この規模の建物なら、存在する教室は二つか三つほどだろう。

建物自体は新しい。ここ数年以内に建てられたものに違いなかった。

とにかく、グレンが想像した学校とは、また随分と印象が違うようであった。

「なるほどな……多分、魔術専門の学校というより、魔術も教える教会の日曜学校みたいなもんなんだな」

「あはは、そもそも私達、学校っていう文化がなかったからね……魔道の知識は、各氏族ごとの門外不出の秘伝みたいなところがあったから」

グレンの呟《つぶや》きに、セラが曖昧に笑って補足する。

「でも、これからは帝国の最新魔術も取り入れて、南原もどんどん教育制度や水準を発展させていくらしいよ？　私達はその第一歩って感じかな？」

「やれやれ、責任重大だねぇ……」

グレンはため息を吐《つ》きながら、頭を掻いた。

「しゃーねぇ。んじゃ、臨時教師のグレン先生とセラ先生の初授業といきますかぁ」

「うんっ！　頑張ろう！　グレン君！」

そんな風に言い合って、二人は校舎へ向かうのであった。


────。


グレンとセラが校舎内の廊下を歩いていくと。

やがて、とある扉の前へと辿《たど》り着《つ》く。

「……えーと、件の教室とやらは、多分ここか？」

「ふふっ、いよいよ私達の初の生徒達とのご対面だね」

隣のセラが、いかにもわくわくとした感じでグレンへ微笑みかけた。

「緊張してる？」

「しねーよ」

やれやれと、グレンは教室の扉に手をかけて、それを開いた。

そして、開かれた扉の向こう側でグレンを待ち構えていた光景は──

〜〜〜〜〜。

『先生ったら！　また遅刻ですよ⁉　いい加減にしてくださいよね⁉』

どこかで見たことある銀髪の少女が、怒ったような表情を浮かべていて。

『あはは、まぁまぁ、システィ。先生も悪気があるわけじゃ……』

どこかで見たことある金髪の少女が宥《なだ》めるように笑っていて。

『……ん。おいしい』

どこかで見たことある青髪の少女が、そっちのけで苺《いちご》タルトをかじっていて。

『はははは！　ったく、相変わらずだなぁ、先生！』

『やれやれ、少しはわたくし達の教師である自覚を持って欲しいですわ』

『フン、さっさと授業始めてくれませんかね？　もう時間過ぎてるんですが？』

そんな、どこかで見たことあるような少年少女達が、男女ごとに統一感ある制服に身を包んで四十人ほど。

皆、どこか親しげで気安げな目を、グレンへ向けてきている。

そもそもこの教室は、建物の外見からは想像できないほど内装が調っていて、それはまるで……アルザーノ帝国魔術学院校舎の教室のような――……

～～～。

「──グレン君？」

「！」

不意にセラから声をかけられ、グレンは我に返って目を擦《こす》る。

「……な、なんだ……？　今のは……」

気付けば、先ほどの洗練された教室の光景は、どこにもない。

建物の外見から想像できる、素朴な教室の風景がそこには広がっていた。

「どうしたの？　なんかぼうっとしちゃって」

「あー、いや、なんでもねぇ。まだ、昨日の酒が残ってるみてーだ」

グレンが改めて教室内を見渡せば、十数名の少年少女が机についている。

制服はなく、その服装には統一感がない。各々《おのおの》自由な着物を着ている。

そして、そんな彼らの年齢にはさらに統一感がない。基本的には、皆若いが、十歳に満たない子から十代の半ば過ぎの子もいる。

話によると、各氏族からこの新しい学びの場を志願した若者達が、この学校に通っているらしい。そう言えば、校舎の隣には寮らしき建物もあった気がする。

そんな生徒達の誰もがグレンに対し、期待と不安が混在する目を向けてきている。

当然、親しみや気安さは、まだない。彼らとは初対面なのだから。

——否、少々例外はあったが。


「ぁあああああああああああああああああ⁉ 貴方《あなた》は⁉」


ガタン！　と。教室の最後列に腰掛けていた少女が、グレンを見るなり立ち上がる。

彼女がその例外——シスだ。

「げ。お前もこの学校に通ってたんかーい」

早くも厄介ごとの予感に、グレンは盛大にため息を吐くしかない。

「当然でしょう⁉　将来、この南原を主導する者として、日々新しきを学び、自己研鑽に努めることは、最早《もはや》、義務ですから！

はっ⁉　ていうか！　シラス叔父様が仰っていた、今日からこの学び舎で、セラ姉様と一緒に教師を務める人って、まさか——ッ⁉」

「はーい、俺でーす」

グレンが頭を掻《か》きながら教壇に上がる。

そして、何事かと目を瞬《しばたた》かせている生徒達の前で、自己紹介を始めるのであった。

「というわけで、今日から君達にお勉強を教えることになったグレン＝レーダス先生と、こちら皆《みんな》のアイドル、セラ姫先生様でーす。どうかよろ……」

「貴方なんか必要ありません！　セラ姉様だけで充分です！　帰ってください！」

相変わらず、シスは取りつく島もなさそうであった。

やれやれ、こりゃ前途は多難だぜ……グレンがそう辟易《へきえき》していると。

さすがに見かねたセラが、シスへ苦言を呈する。

「ちょっと、シス。さすがに失礼だよ？　グレン君は先生なの。先達の師には最大限の敬意を払うのが、私達の掟《おきて》だよね？」

「で、でも、セラ姉様！　そんな余所者《よそもの》に私達が学ぶことなんか！　そうよね、皆⁉」

焦《あせ》ったシスが、同意を求めるように周囲の生徒達を振り返る。

すると……

「うーん……まぁ、そうかもな……」

「帝国人の先生が私達に教えてくれるのは……帝国の魔術ですよね？　多分」

「いや……僕達もアルザーノ帝国の魔術は、ここである程度勉強したんですがね……はっきり言って、帝国の魔術っていまいち使い勝手が悪いっていうか……」

「絶対、私達の呪術や精霊術の方が上だよねー？」

「うんうん。せっかく勉強しても、将来何の役にも立たないよねー？」

「余計なことせず、このまま南原伝統の術を極めた方が強くなれるんじゃ……？」

シスに同意する生徒達は、わりと多いようであった。

「そっ、そんなことないよ!? 皆っ！」

セラが慌てたように、否定し始めた。

「私は帝国軍に入って、帝国の魔術を学んだけど、実は凄《すご》いんだよ!? 確かに私達の呪術や精霊術も凄いけど、なんかこう別の意味で凄いんだよ!?」

「凄いって……どう凄いんですか？ あんな術、ただ決まった呪文を唱えて、決まった効果を出すだけですよね？ 精霊に指示を飛ばして、その場で様々な運用ができる私達の精霊術とは比べるべくもないと思うんですが？」

「確かに、それはそうかもだけど、それはそれで帝国の魔術も凄いんだよ!? たとえば、こう――帝国の魔術はね！ 皆もなんとなく知ってるアレがこう、ふわ～っとしているから、なんか……コネコネできるの！

だから、いざというときに、コレをビシッとすることで、ピピッとなって、アレがぐおおおおって高まって、ソレをズバーン！　ってできるんだよ!?　凄いでしょ!?」

そんな風に、セラが身振り手振りで一生懸命説明するが。

「「「…………」」」

生徒達は皆、ジト目で沈黙していた。

「あ、あれ……？　なんで……？」

生徒達の微妙な反応に、セラが意外そうに目をぱちくりさせる。

そんなセラの肩を、生暖かい目をしたグレンが軽く叩《たた》いた。

「セラ。お前、教師の才能ねーわ」

「ど、どうしてそんな酷《ひど》いこと言うの、グレンくぅ～～ん!?」

涙目のセラをスルーし、グレンはため息を吐く。

そういえば、セラは天才肌だが、超がつく感覚派でもあったことを思い出す。

（さて、どうしたもんかね……？）

グレンがそんな風に考えていると。

「《雷精の紫電よ》」

誰かが、不意に聞き覚えのある呪文を唱えた。

「！」

次の瞬間、バチィ！　と一条の紫電が、グレンの鼻先を掠《かす》めるように過《よぎ》る。

グレンがその紫電の飛んできた方向を見やると、そこにはシスがいた。

グレンへ向かって左手の指先を向け、挑発的な笑みを浮かべている。

「これ……黒魔《くろま》【ショック・ボルト】っていう呪文なんですってね？　貴方達帝国人が最初に習う魔術だとか」

「……ああ、そうだが？」

「基本的には、《雷精よ・紫電の衝撃以《もっ》て・撃ち倒せ》の、欠伸《あくび》が出る三節詠唱。でも、《雷精の紫電よ》の一節に切り詰めることによって、魔力消費量を犠牲に発動前の隙を短くすることができる……ですよね？」

「まあな」

「はっきり言って、だから何？　って感じです」

小馬鹿にしたように言って、シスが不意に、口笛をぴゅいっと吹いた。

その瞬間。

ひゅぱっ！

今度はグレンの眼前でカマイタチが巻き起こり、前髪を数本切り飛ばす。

恐らく、セラもよく使う南原の精霊術……魔曲の類いだ。

辺りを漂う不可視の風の精霊へ、口笛で簡易的に指示を飛ばしたのだろう。

「こんなもの、私達の口笛にも劣る芸ですよ？　他にも、私達には様々な独自の魔道の秘術や秘奥《ひおう》があります。そんな私達が帝国の魔術を学ぶ価値なんて本当にあるんですか？

是非、ご教授願えませんか？　センセイ？」

勝ち誇ったようなシスの言葉に、しん……と、静まりかえる教室内。

大きな声で言ったりはしないが、確かにシスの意見は、その場の生徒達が心のどこかで思っていることなのだろう。皆、気まずそうに黙ってしまっている。

そして、グレンも反論できないから沈黙してしまった……生徒達がそう思っていると。

「はは……ははは……」

なぜか、不意にグレンは笑い始めた。

そんなグレンの様子が気に食わないシスが、さっそく食ってかかる。

「な、何がおかしいんですか⁉」

「いや、何……最初の授業ってのは、やっぱこうでないとな！　ははははは！」

一体、なぜグレンが笑っているのか理解できない生徒達が、呆気《あっけ》に取《と》られている。

グレン自身、どうしてこんなに自分が笑っているのかよくわからない。

だが、なぜか、なんとなくとても懐《なつ》かしい気がしたのだ。

「まぁ、いい。じゃ、俺の南原での記念すべき初授業は、その件《くだん》の【ショック・ボルト】の呪文について話そうか」

そんなグレンの宣言に、教室中が騒然とし始めた。

「ちょ、先生⁉　僕達、その【ショック・ボルト】なら、皆、とっくに極めちゃったんですけど⁉」

「三節詠唱はもちろん、一節詠唱だって完璧なんですよ⁉」

「今さら、そんな低級呪文のことを授業されたって……せめて、将来、僕達の役に立ちそうな高等呪文、教えてくれませんか？」

そんな生徒達の中、シスの噛《か》みつきようは当然、半端《はんぱ》ではない。

「ちょっと、貴方！　ふざけてるんですか⁉　やっぱり、貴方なんか、私達の教師に必要ありません！　とっとと、帰って――」

「ふざけてねーって」

グレンは肩を竦《すく》めて、シスへ不敵な笑みを返す。

「大体、【ショック・ボルト】の呪文とっ捕まえて、そんな風に言ってるってことは、お前ら魔術のこと、なぁ～んにもわかっちゃいねえってことだ。

上《うわ》っ面《つら》の知識で使えるようになっただけで、極めたような気になってるだけだ。

そもそも、お前らの精霊術って先天的な適性が全てだよな？　精霊の存在を感じられるかどうか……使えるやつは使えるが、使えないやつは一生かかっても使えん。

だったら、超ド基礎呪文とはいえ、〝上っ面の知識だけで誰でも簡単に魔術が発動できる〟ってことが、いかにバカげてることかわからんかねぇ？」

「んな──ッ!?」

「お前らがその程度なら、【ショック・ボルト】でちょうどいいんだよ。黙って聞きな」

グレンの挑発的な物言いに、シスが顔を真っ赤にして震え始める。

グレンはそれを無視して、教室に据えられた黒板に向き直った。

そして、チョークで黒板へ文字を書き始める。

《雷精よ・紫電の衝撃以て・撃ち倒せ》

「さて、お前らがすでに知ってる通り、これが【ショック・ボルト】の呪文だ。

この呪文を唱えれば、お前らが覚えた魔術式が魔力を消費して、外界に効果を発動するわけだ。エネルギー保存則に従ってな」

「だから、それがどうしたんですか!? 私達が歌や笛、舞踏でやってることと同じですよね!?」

「あくまで出力された結果的には、な」

話が見えず苛々《いらいら》しているシスへ、グレンが肩を竦めてみせる。

「じゃ、逆に聞くが。お前達の精霊術、その起動に使う歌や笛……それをミスったり、違えたりしたらどうなる?」

「そんなの失敗に決まってるじゃないですか! 発動しなかったり、暴発したり！」

「まぁ、そうだろうな。お前達は、自身の伝統的な術に対する理解の深度も、そんな風に薄っぺらいよな?」

段々、シスだけでなく他の生徒達もカチンときているようだ。

そんな様子を見て、ハラハラしているセラ。

だが、当のグレンだけは、まったく意に介することなく、チョークで黒板に書いた呪文を弄《いじ》り始めた。

《雷精よ・紫電の・衝撃以て・撃ち倒せ》

「これでこの呪文は四節詠唱になったが……これを唱えるとどうなる？　当ててみな」

「あ、貴方《あなた》、どこまで私達をバカにすれば気が済むんですか⁉」

シスを筆頭に、生徒達が次々と文句を言い始めた。

「そんなの術の発動が失敗するに決まってるでしょ⁉」

「それって、呪歌を途中で噛むようなものですよね？　発動したとしても、まともな発動にならないのでは？」

「結果なんてわかりません！　予測不可能です！」

そんな生徒達の反応に。

「ふっ！　お約束なリアクション、お前ら、ありがとうな！」

グレンは、親指を立てて笑った。

そして、堂々と宣言する。

「答えは――右に曲がる、だ」

そして、グレンが呪文を唱える。

グレンの左手の指先から、一条の紫電が飛ぶ――シスへ向かって。

「……なっ⁉」

突然、呪文を撃たれたシスは反応できず、硬直するしかなかったが。

シスの顔に当たる瞬間、それまで真《ま》っ直《す》ぐ飛んできた紫電は、突然軌道を変え、グレンの宣言通り、右へと曲がって壁に着弾した。

「「「――ッ⁉」」」

その意味不明な現象に、生徒達は等しく絶句する。

「言っておくが、こうなることを最初から知ってたわけじゃねえぞ？　ただ、理解《わか》っていただけだ。お前らと違ってな？」

「な、何を……ッ⁉」

すると、シスが悔しげに席を立ち、前にズカズカ出てくる。

そして、グレンが黒板に書いた呪文を、勝手に改変する。

《雷精よ・紫電の衝撃・以て・撃ち倒せ》

「じゃあ、こうしたらどうなるっていうんですか⁉」

「ああ、それなら左に曲がるぜ」

グレンが呪文を唱える。

宣言通り、今度は紫電が左へ曲がる。

《雷・精よ・紫電　以て・撃ち倒せ》

「じゃ、じゃあこれは⁉」

「最初と同じように右に曲がるな。だが、射程が三分の一ほどになり、出力が低下する」

グレンが呪文を唱える。

やはり、宣言通りだ。

「な、な、なぁ……ッ⁉」

それからも、シスは呪文を滅茶苦茶《めちゃくちゃ》に改変しまくるが、グレンはその結果を確実に言い当てていく。

一体、なぜグレンにはそんなことがわかるのか？

否、一体、何が見えているのか？

徐々に、生徒達のグレンを見る目が変化していく。

「おい……お前、俺達の術で、あんな真似《まね》できるか？」

「無理だよ……召喚の魔曲や呪歌を違えたら、どんな暴発があるかなんてわからない。それに、僕らの精霊術は、精霊へある程度指示を飛ばせるけど、ここまで完璧な結果の再現性はない……僕達の演奏の調子と精霊のその日の気分にも左右されるし」

「じゃ、じゃあ、なんで先生は、その結果がわかるんだ？」

「そ、そんなの……帝国の魔術が特殊なだけだろ……」

そんな風にざわついている生徒達を前に。

「セラ」

グレンがセラへ意味深な目配せをする。

すると、さすが付き合いは長いのか、セラはすぐにグレンの意図を察した。

「ＯＫ、グレン君。じゃあ、簡単なのでいくね？」

セラが懐《ふところ》からオカリナを取り出し、それをそっと吹いて短い旋律を奏《かな》でる。

すると、南原に伝わる風の精霊召喚術が起動し、まるで小人のような風の低級精霊——それもこの南原特有の固有種——が、セラの肩にふわりと舞い降りた。

「なるほど、それなら……うーん……」

するとセラの奏でた旋律によく耳を澄ませていたグレンが、しばらくの間、俯《うつむ》きながら何事か考え始めて。

「よし、多分、これでいいはずだ……」

やがて、何かがわかったように顔を上げ、生徒達を見回した。

「まず前提として、俺はお前らのやり方では精霊術は使えん、と言っておく。精霊の存在を感じられないからな。精霊との意思疎通なんて不可能だ。だがな？　使い魔の召喚・使役の術を即興改変すりゃな……《我が前で踊れ・風の申し子・悪戯《いたずら》妖精》」

グレンが、謎の呪文を唱え始めた。

すると──次の瞬間。風が巻き起こり、セラが召喚したものと、まったく同じ風の低級精霊が召喚され、グレンの肩に舞い降りていた。

「「「なぁあああああああああああああ⁉」」」

そんなグレンの術行使に、今度こそ生徒達は度肝を抜かれた。

「あ、あいつ、俺達の精霊を笛なしで、しかも帝国の呪文で喚《よ》び出しやがったぞ!?」

「嘘《うそ》でしょ!? あり得ない! あの術は、私達の秘伝なのに!」

「何をしたの!? 一体、どうやって!?」

大騒ぎする生徒達に、グレンが荒い息を吐きながら言った。

「ぜぇ……ぜぇ……即興の無理矢理だから、魔力効率最悪で消耗半端《はんぱ》ねえんだけどな……だが、ちょっと面白くなってきただろ?

つーわけで、今日はこの【ショック・ボルト】の呪文を教材に、そもそも、俺やお前達が当たり前のように使ってる魔道とは一体何なのかってことを教えてやる。

俺の話が理解できりゃ、まぁ、さすがに急には難しいと思うが、お前らの伝統的な術体系でも似たようなことは、できるようになるはずだ。

と、いうか、その好例がコイツだ。お前達の大好きなセラ姫様だ」

グレンが隣のセラを親指で指さし、生徒達の視線が一気にセラへ集まる。

「セラは、自身が使役する風の精霊を、帝国の魔術式を使って、その力の増幅、効果の改変……自身の精霊術だけじゃできない使役や行使を自由自在にやってる。

最早《もはや》、世界で唯一無二の独自の魔術体系——固有魔術《オリジナル》に至っていると言って良い。

おかげで、セラは風の魔術に限れば帝国で随一……いや、世界規模で見ても、トップクラスの風使いだ」

「せ、セラ姫様が……？」

「俺達の魔術は法則重視。確かに、精霊との直接的な意思疎通で術行使をするお前らからすれば、野暮ったいと思うかもしれん。

だが、その代わり、機能の拡張性と効果の再現性、そして、どんな状況でも決まった呪文を唱えれば、確実に起動する安定性は、他の魔術の追随を許さない。

無論、どっちの術の方が上だとか、そういう話をしているわけじゃなくてな」

「…………」

「お前らが将来、何を目指すのかは知らんが……帝国の魔術も識《し》っておいて損はないと思うぜ？　ま──興味ないやつは寝てな」

あんぐりと口を開けている生徒達へ不敵な笑みを向けるグレン。

こうして、南原の学校におけるグレンの初授業が始まる。

当然、今、この教室内で欠片《かけら》でも眠気を抱いている生徒は誰一人いなかった──

──。

——授業の後で。

「グレン君は、凄《すご》いね」

教室を後にして廊下を歩くグレンの隣で、セラはご機嫌だった。

「初めての授業で、あっという間に生徒達の心を摑《つか》んじゃったね」

「そうかぁ？」

「そうだよ」

すっとぼけるグレンに、セラはまるで自分のことのように嬉《うれ》しそうに笑う。

「皆《みんな》、授業が終わった瞬間、グレン君のことを、先生、先生って取り囲んで……もうすっかり尊敬しちゃってたね」

「けっ……魔術のド基礎をちょっと教えたくらいで、すっかり絆《ほだ》されやがって、単純なやつらめ。あんなにチョロいと、なんだか詐欺師やってる気分だぜ」

口は減らないが、満更でもなさそうだし、照れ臭そうなグレンであった。

「前々から思ってたけど、グレン君って、やっぱり魔術大好きだよね？」

「……なんでそう思う？」

「だって、魔術を生徒達に語っている時のグレン君の顔、凄く楽しそうだったよ。だから……ふふっ、やっぱり教師はグレン君の天職だよ、きっと」

「…………」

なんか、心の中に引っかかりを覚えて、グレンは押し黙る。

そう、自分は——魔術が好きだった。

子供の頃、『メルガリウスの魔法使い』という童話に憧れて。

とある、自分にとっての〝正義の魔法使い〟に憧れて。

それが、グレンの原初、全ての始まりだったのだが——

でも、なんだろうか？　この……違和感は。

「しっかし、俺はともかく、お前はどうなんだよ？」

その先を考えるのが、なんとなく怖く感じて。

グレンは無理矢理話題を変えた。

「え？」

「教師だよ、教師。俺ばっかり話すのもアレだから、途中で何度か解説を交代したろ？　その度、お前、わけわからん意味不明でトンチンカンな授業しやがって。生徒達が虚無の表情で呆《あき》れてたろ……あのシスですら弁護できないくらい」

「……う……」

「これだから、感覚派の天才様はなぁ……」

グレンの容赦ない言葉に、どんどんしょぼくれていくセラ。

「……私、教師の才能ないのかなぁ……？　こう、自分が身につけたことを誰かに教えて導く仕事って……昔から憧れてたんだけど、向いてないのかなぁ……？」

「向き不向きで言えば……まぁ、向いてるんじゃねーか？」

あんまりにも哀《かな》しそうなので、ついグレンも気まずそうに励ましの言葉を零《こぼ》す。

「ガキ共の面倒見るのが好きなんだろ？

教師なんて、どんな凄ぇ授業できるかより、まずそこだろ？

ま……教師としての実力については……とりあえずはお勉強だな、俺と一緒に」

「！」

「授業のやり方や、知識のわかりやすい教え方については、まぁ……俺が、おいおい教えてやるよ。人に教えるってのは、一を知れば自然と十を識っちまうお前には難しいことかもだが……どうせ、俺達これからずっと一緒にいるんだろ？　まぁ、気長に――」

グレンが言い終わる前に。

突然、セラがグレンの腕を取って身を寄せ、グレンの肩に自分の頭を乗せる。

二人の身体《からだ》が密着し、互いの体温がじかに感じられる。

「……うぅうぅぅ……」

「お、おい……セラ……？」

「私、やっぱりグレン君のことが大好き」

そして、顔が沸騰しそうなことを、平然と無邪気に言ってくるのであった。

「…………………」

なんて返したらいいのやら、グレンが押し黙っていると。

「……せめて、人前でイチャつくのやめてくれませんか」

冷ややかな言葉が、二人の背中に浴びせかけられる。

慌ててセラがグレンから飛び離れ、振り返ると……そこにはシスがいた。

相変わらず不機嫌そうで、でも、なぜか、どこか不安げで哀しそうであった。

「……なんだよ、またお前か？　まーた、俺にイチャもんつけに来たのかよ？」

そろそろ、いちいち突っかかってくるこの少女の相手も面倒になってきたところだ。

グレンがうんざりしたようにそうぼやくと。

「……別に。もう……私からは貴方《あなた》に、何も文句は言えないわ……」

グレンに対する敵意はそのままだが、意外にも、シスはそんなふうに呟《つぶや》いていた。

「貴方はきっと……本当にセラ姉様に相応《ふさわ》しい人で……そして、これからの南原のアルディアに必要な人……貴方なら、きっとセラ姉様を幸せにしてくれる……

そんな人を……南原を守る《風の戦巫女《いくさみこ》》候補の私が、どうこうできる権利なんて……あるわけないじゃない……」

「んー……？」

グレンが頭を掻きながら、シスに問う。

「俺に対する評価がわりと冷静なことから察するに、お前……俺が余所者《よそもの》だからとか、そんなんじゃなくて……セラが結婚すること、それ自体が嫌なんだな？

ひょっとして……セラが結婚したら困ることでもあんのか？」

「…………」

シスのそれは沈黙の肯定だった。

「悩みがあるなら聞いてやるぞ？　こう見えて、今の俺は教師らしいからな」

「貴方には……きっと、わからないわよ……」

そう苦しげに吐き捨てるように言い残して。

シスは、くるりと踵《きびす》を返《かえ》し、そのまま走り去っていくのであった。

セラが心配そうに、その背を見送る。

「ごめんね、グレン君……本当は、シス、良い子なんだよ？　本当に素直で真面目な優しい子で……あんな風に誰かへ攻撃的になるような子じゃなくて……」

「わぁーってるよ。今のアイツが本来のアイツじゃねえってことくらいはな」

ぽんと、セラの頭に手を乗せるグレン。

「ま、これからはアイツも俺の生徒なわけだし。ちょっと厄介な生徒の面倒を見てやるのも教師の務めだ。いつか、アイツが心から認めてくれるよう、気長にやるさ」

「ふふ……頑張ってね。私もできる限りのことはするから……」

そんな風に。

二人は笑い合って、歩き始めるのであった。


――――。


シルヴァース一族の若き天才。

次代の《風の戦巫女》継承者、シス゠シルヴァース。

彼女が〝失踪〟したのは――その日の夜のことであった。

# 第四章　風の神

「シス姫様は見つかったか⁉」

「……いや、どこにも見当たらない……」

「一体、姫様はどこへ……？」

「まさか、何者かにかどわかされて……？」


辺りにすっかり夜の帳《とばり》が下りたアルリディアにて。

警備兵達が松明《たいまつ》を掲げ、焦燥を顔に浮かべて、都市内をひっきりなしに行き来している。

失踪した相手が、王族たるシルヴァースの一人、しかも次代の《風の戦巫女》という重要人物であることもあって、必死の捜索が行われているが……今のところ、何の成果も上がっていない。

「ったく、世話の焼けるお姫様だぜ……」

グレンも、帝国の魔術……使い魔の使役や、失《う》せ物《もの》探しのペンデュラム・ダウジング法などを使って、街中でシスの行方を追っているが、何一つ手がかりがなかった。

「しっかし、こんなに行方が追えねーなんて……マジで一体、どこ行った？」

「……すまないね、グレン君。客人にこのようなことをさせてしまって」

グレンと共に、シスの捜索を行っているシラスが申し訳なさそうに言った。

「別にいっすよ、シラスさん。シスはセラの従姉妹《いとこ》……俺の身内じゃねっすか。正確には身内になる予定、なんすけど」

グレンは地面に片膝をつき、目の前に掲げたダウジングの振り子が左右に揺れる様とにらめっこしながら、そう答えた。

「身内のことなら助けて当然っすよ。家族ってそういうもんでしょ？　……まぁ、哀しいことに、今んところ、俺、その家族候補に嫌われまくってるんすけど」

「……セラが君のような人を選んだことを、本当に嬉しく思うし、誇りに思う」

そんなグレンを見て、シラスは穏やかに微笑《ほほえ》む。

が、すぐに表情を引き締め、思索に耽《ふけ》り始める。

「しかし、わからないな。学校の寮内でも、宮殿内でも、彼女がどこかに行く姿を誰も見ていない。さらにわからないのは、彼女の馬が残されていたことだ」

「そうっすね。ここ、アルリディアは陸の孤島だ。ここを出てどこへ行くにしたって、馬がないとどうしようもないはずだ。

馬が残されている以上、この都市内のどこかにいるか……あるいは……」

「誘拐されたか」

思わず口ごもるグレンに代わって、シラスがきっぱりと言った。

「彼女はシルヴァースの一族にて、次代の《風の戦巫女》……その気になれば、利用価値はいくらでもあるだろう。

下手人はこの南原を狙う諸外国の工作員か、あるいは……そのような者達、いるとは考えたくないが……この南原で我々シルヴァースに対して叛意《はんい》を抱いている氏族か」

「可能性はいくらでも考えられるっすね。……同じく考えたくねーですが」

はぁ……と、グレンがため息を吐《つ》く。

「とにかく、今はシス姫さんの行方の手がかりを摑《つか》まねえと」

グレンがダウジングを諦めて懐《ふところ》にしまい、次なる方法を考えていると。

「グレン君っ！　お父様っ！」

息せき切って、セラが駆けつけてくる。

その顔は焦燥と困惑で、少し青ざめていた。

「何があった？　セラ」

「た、大変なんだよ！　宝物庫から……《風の鳩琴《オカリナ》》が消えてるんだよ！」

「《風の鳩琴《オカリナ》》……？　なんだぁ？　そりゃ」

「我々一族の秘宝だよ」

シラスが苦い顔で説明を始めた。

「気が遠くなるほど遙《はる》か昔、《大いなる風の一族《バイレ・デル・フィーベル》》という一族があってね……その一族は《風の外套《がいとう》》、《風の鳩琴《オカリナ》》、《緑の鍵》という三つの秘宝を所有していたという。件《くだん》の《風の鳩琴《オカリナ》》は、我々シルヴァースがその《大いなる風の一族《バイレ・デル・フィーベル》》から分家した際、賜ったものなのだ」

「な、なんか、凄そうっすね……」

「ああ。《風の戦巫女》が、我らが崇《あが》め奉《たてまつ》る〝旧《ふる》き風の神〟の力を制御し、自在に操るための道具だ。同時に《風の戦巫女》が南原最強の戦士たるゆえんでもある」

「げ……それ、古代の魔法遺物《アーティファクト》……いや、魔王遺物《レリック》クラスじゃねっすか？」

この場合の〝神〟の定義はわからないが、セラやシラスの焦燥ぶりから、とにかくとんでもない代物であるということは間違いないだろう。

「ってことは……セラ、お前もその《風の鳩琴《オカリナ》》、使えるのか？」

「うん。……一族、ひいては南原を守護する秘宝だから、南原の外には持ってこなかったけどね。ちゃんと使えるよ？」

「まぁ……そうだよな」

〝そんな大事なもの、南原のアルディアが滅びでもしない限り、持ってこないよな〟

なぜか、ぼんやりとグレンがそんなことを考えていると。

「しかし、となると……状況的に、シスが《風の鳩琴《オカリナ》》を持ち出したと考えるのが一番自然だね。宝物庫の中に入れるのは、一族の血を引く者達だけだし……まさか……？」

「ど、どうしたの？　お父様」

「何か行方に心当たり、あるんすか？」

セラとグレンが聞くと、やがてシラスは苦い顔で話し始めた。

「シスが、次代の《風の戦巫女》だということはご存じだね？」

「あ、ああ……何度も聞いたっすから……」

「彼女はあらゆる分野において優れた才を持っている。歴代最高の《風の戦巫女》と呼ばれるセラと比べても遜色がない……だけど、彼女にはただ一つ、泣き所がある。

それは……未《いま》だ風の神の声が聞こえない、ということだ」

「えっ⁉　嘘《うそ》！　そうなの⁉　あの子、まだだったの⁉」

「風の神の声……？」

驚愕《きょうがく》するセラとは裏腹に、グレンがキョトンとしていると。

シラスが重苦しく口を開いた。

「帝国人の君には信じられないかもしれないけど。

この南原の地には、実際に〝神〟が存在するのだよ。宗教における信仰対象としての概念的な神ではない。本物の暴威の化身たる〝神〟がね」

「元々、私達は、そんな〝神〟を管理する旧い神官家の一族だったらしいの」

セラの補足に頷《うなず》き、シラスがさらに言葉を続ける。

「シルヴァースに生まれた女性は、先天的に〝神〟の声を聞く能力を持っている。

むしろ、それが《風の戦巫女》となるための資格なわけなのだが……

どういうわけか、シスはまだその声が聞こえていない。セラがシスの歳《とし》の頃は、自然とその声を聞くことができたというのに」

「そ、そうだったんだ……」

「ちなみに資格とは言ったが……私は拘《こだわ》る必要はないと思っている。

もともと、一族の中でも〝神〟の声を聞くことができる者は、近年減ってきている。近い未来、我々が〝神〟の力を完全に失うのは、最早《もはや》、定めなのだ。

それに、それを差し引いてもシスは優秀な子だ。彼女という存在が、我ら南原の未来と発展に大きく寄与してくれるであろうことは疑いない。

だけど……彼女は、自分が神の声を聞くことができないことを、とても気に病んでいたようであった。生真面目で責任感が強いがゆえに、融通の利《き》かない子だからね」

「………………」

なぜ、シスがグレンへああも突っかかってくるのか。

グレンは、その理由がなんとなく見えてきたような気がしていた。

「それで、シラスさん。シスの行方に心当たりは？」

「恐らく、ここより南……旧き風の神の住まう霊峰、カーダス山脈に向かったのだろう。あの山には、馬では立ち入れないことから考えても間違いない」

「そんな、まさか！」

シラスの言葉に、セラが顔面を蒼白《そうはく》にして叫んだ。

「シスったら……《風の鳩琴《オカリナ》》で強引に神を従えようとしてるの⁉　自分が《風の戦巫《いくさみ》女《こ》》に相応《ふさわ》しいことを、皆《みんな》に証明するために⁉

そ、そんな……声も聞こえてないのに無謀だよ⁉」

「よくわからねーが、ヤバいのか？」

「ヤバいんだよ！」

セラがおろおろとグレンへ縋《すが》り付《つ》く。

「実は、私達の神は人の味方じゃないの！　無色の暴威、純然たる力の体現なの！　それのどこが神なんだって思うかもだけど、そういうものなの！

声も聞こえないのに、強引に従えようとしたら……力を暴走させちゃう！」

「ヤバいな」

そのセラの今にも泣き出しそうな表情を見れば、考えるまでもなさそうだ。

「ど、どうしよう、グレン君⁉」

「落ち着け、シスのやつ、馬なしだろ？　まだそう遠くには行ってないはず……」

「いや。あれでシスはセラに匹敵する素質を持つ風使い。風の精霊の力を使えば、徒歩《かち》でも恐ろしく素早い移動が可能だ。

だが、我々……というか、南原の風使いのほとんどは、彼女のように馬より速く移動することなどできない。今からでは……到底、間に合わないだろう」

「そ、そんな……シスが……」

しばらくの間、セラは真っ青になってわなわな震えて。

「私がシスを連れ戻しに行く！　私の風の術なら、きっと、追いつける！」

やがてそう叫び、セラは弾《はじ》かれたように踵《きびす》を返《かえ》して、駆け出そうとする。

「おい、ちょっと待てよ」

グレンは反射的に手を伸ばし、セラの手を摑んでいた。

「痛っ⁉　ちょ、なんで止めるの、グレン君⁉　急がないと、シスが──ッ！」

「ばぁか、止めたわけじゃねーよ。なぁんで一人で突っ走ろうとするかなってだけだ」

「……えっ？」

キョトンとするセラへ、グレンが大仰に悲しむ振りをする。

「ああああぁぁ、哀《かな》しいねぇ……こういう、いざという時に頼ってもらえないのは……仮にも将来を誓い合った仲なのによぉ……」

「えっと……ひょっとして、グレン君、一緒に来てくれるの？　だって……危険だよ？　そもそも、カーダス山脈が危険な所だし……」

「ひょっとしても何も、一緒に行くに決まってんだろ！　嫁を一人で危険な場所に突貫させる男が、この世界のどこにいるってんだ？」

呆《あき》れたようにため息を吐くグレン。

「幸い、俺はお前の《疾風脚《シュトロム》》に相乗りするのは慣れてる。他の連中じゃ無理だろうが……俺だけなら、お前の超高速移動の邪魔にはならない。

効率と時間的猶予を考えても、俺とお前の二人で追いかけるのが妥当だ。違うか？」

「グレン君……」

セラがどこか感極まったような目でグレンを見つめていると。

シラスが、グレンを真《ま》っ直《す》ぐ見つめて頭を下げた。

「確かに……ここはグレン君とセラ、君達二人に任せるのが最も合理的な判断なのだろう。

無論、我々も急いで追う準備をし、できる限りのことはするつもりだが……

すまない、グレン君。客人である君にこんなことを任せてしまうなんて。どうかシスとセラをよろしく頼む」

「ああ、任せてくれ、シラスさん。シスは生徒だからな。教師として、必ず連れて帰って無謀のお仕置きに、お尻ペンペンの刑に処してやりますよ！」

不敵にそう返して。

さっそく、グレンはセラと共に、南にある神の霊峰へと向かうのであった――

――。

グレンとセラが、アルディアの大地を南へ向かって駆ける。

グレンはセラと手を繋《つな》ぎ、セラが全身に纏《まと》う激風の《疾風脚《シュトロム》》に相乗りして、何度も大きく跳躍するように低空をカッ飛んでいく。

一跳躍ごとに丘を越え、岩山を越え、峠を越え――もの凄《すご》い勢いで南進する。

普段の穏やかさからは想像もつかないほどの荒ぶる暴風を従え、制御してのけるセラ。

そう、彼女は《風の戦巫女》。南原のアルディアが誇る最強の風使い。

大切な者のために、真っ直ぐ前を見据えるその横顔は――こんな状況だが――何よりも美しいと、グレンはそんなことを考えていた。

そんな風に、まさに風のように南進していくと。

やがて、周囲の風景が変わる。

草原の気配は消え、岩肌の多い、どこか寂しげで不穏な山の麓へと辿《たど》り着《つ》いていた。

「ここが、カーダス山の入山口だよ！」

グレンと共に風を纏って空から舞い降りながら、セラが叫ぶ。

無事に着地したグレンが遠くを仰ぎ見ると。

確かに、眼前にはまるでグレン達を取り囲むように、山々が聳《そび》え立《た》っている。

カーダス山は、この辺り一帯のカーダス山脈の中で最も標高が高い山だ。

常に山頂の方から吹き荒れる、凄《すさ》まじい颪《おろし》。暗雲立ちこめる灰色の空。

その山の偉容はもの凄い視覚的圧迫感を放っており、神が住まう山だと言われれば、なるほど確かに、と思わず納得してしまいそうな存在感と迫力であった。

「で!? 世話の焼けるシス姫様は、一体、どちらに!?」

吹き下ろす風の音が凄まじいので、グレンはセラへ聞こえるように叫ぶ。

「多分──カーダスの山頂! そこに風の神を祀《まつ》る祭壇遺跡があるの!」

「なるほど! じゃあ、頼めるか!? まだ、魔力に余裕は!?」

「大丈夫──一気に行くよ!」

言うや否《いな》や、セラが足に力を貯《た》める。

すると、逃げ場を求めて回転するようにその周囲を暴風が巻き起こり──

「《疾風脚《シュトロム》》! やぁあああああああ──っ!」

黒魔《くろま》【ラピッド・ストリーム】を再起動、同時に──跳躍。

次の瞬間、セラはグレンと共に、猛烈な勢いで山頂を目指して、空へカッ飛んでいくのであった。

「う、ぅおおおおおおおお⁉」

瞬時に迫る空、瞬時に遠ざかる大地。

ぐん、とセラに引っ張られ、グレンは凄まじい浮遊感と重力負荷を感じながら、セラの邪魔にならないように身体《からだ》を捌《さば》き、相乗りし続ける。

――――。

何度も何度も《疾風脚《シュトロム》》を繰り返し、凄まじい勢いで山を駆け上っていく。

まともに登山すれば数日はかかるだろう行程を、ほんの半刻《はんとき》ほどで踏破していく。

やがて――グレン達は、山頂に辿り着くのであった。

「……はぁ……はぁ……」

「お、おい、大丈夫か？　セラ」

「わ、私は大丈夫だよ……げほっ……こほっ……」

セラはそう言うが、その顔は真っ青で、びっしりと冷や汗が張り付いており、どこをどう見ても大丈夫ではない。

いくら、魔力容量《キャパシティ》のお化けだと言っても、さすがに《疾風脚《シュトロム》》の長時間の連続使用による消耗は激しく、セラはマナ欠乏症一歩手前だった。

そもそも、《疾風脚《シュトロム》》は長距離の移動に向いていない。一瞬に全力をかける短距離走を繰り返して、長距離走をするようなものだからだ。

「わ、私のことよりも……シスは……ッ!?」

セラに促され、グレンが辺りを見回す。

カーダスの山頂は、円形の平らな空間が広がっていた。四方八方から、まるで法則性の読めない暴風が吹き荒れ、油断したら身体が浮いてしまいそうだ。

そんな山頂の中心部に、帝国各地でよく見かける、環状列石遺跡《ストーンサークル》があった。

巨大な直方体の柱石を円状に立てて並べ、その柱石同士に橋をかけるように、また巨大な直方体の橋石を積み上げる……そんな奇妙な構造。魔術的な力で固定されているらしく、この暴風の中に数千年あっても決して崩れることはない。

相も変わらず、現代人から見たら、まことに奇怪で意味不明、古代人が一体何を考えて作ったのか、まるで理解できない遺跡である。

しかも、その環状列石遺跡は今まで見たことがないほど巨大で……グレン達の位置からでは、その全貌は摑《つか》めそうになかった。

「やれやれ……白猫が喜びそうだな……」

「白猫？　何それ？」

「ん？　あれ？　今、なんで白猫なんて単語が出たんだ？　俺にもようわからん」

目を瞬《しばたた》かせるセラを尻目に、特に気にせずグレンは歩き始める。

環状列石遺跡の柱石の間を抜け、その円の内部へと足を踏み入れる。

すると、円の中心に祭壇があって、そこに一人の少女の姿があった。

祭壇の前で、グレン達へ背を見せるように跪《ひざまず》いて手を組んでいる。まるで空に向かって祈りを捧《ささ》げているかのようだ。

「いやがった！」

「シス！」

グレンとセラが、急いでシスの下へ駆け寄ろうとするが……

ごうっ！

「うわっぷ⁉　なんなんだこの風、ヤバいだろ⁉　近寄れねえぞ⁉」

突然、猛烈な風に殴りつけられ、たたらを踏んでしまうグレン。

環状列石遺跡の内部は、最早《もはや》、不自然すぎるほどの圧倒的風圧の暴風が、不規則に渦巻いており、グレン達はとある地点から一歩も進めそうになかった。

これ以上無理に近寄れば、この山頂から文字通り弾き飛ばされるに違いない。

だが、シスに近づいたおかげで、グレン達は気付く。

今まで、この荒ぶる風の音で気付かなかったが……この暴嵐の風に乗って、微《かす》かに風音とは異なる美しい旋律が流れてきている。

それは、オカリナの音だ。

よくよく見れば、シスは空に向かって祈りを捧げているのではなく──一心不乱に、オカリナを吹いていたのだ。

「……《風の鳩琴《オカリナ》》……ッ！」

それを見て取ったセラが歯がみして、そして、思いっきり叫んだ。

「やめて、シス！　それはまだ、貴女《あなた》には早いよ！」

すると、ようやくセラ達に気付いたシスが、《風の鳩琴《オカリナ》》を奏《かな》でる手を止める。

ゆっくりと立ち上がり、《風の鳩琴《オカリナ》》を胸に抱いて、振り返る。

「……セラ姉様……」

「シス！　一体、どうしたの⁉　なんでこんなことをしているの⁉」

セラが必死に問うと。

「……ごめんなさい……」

シスは目を伏せ、哀《かな》しそうに、申し訳なさそうに言った。

「セラ姉様……実は、私……貴女の後を継いで《風の戦巫女《いくさみこ》》にならねばならないのに……なれないんです。その才能が……まったくないんです……」

「……そ、それは……」

「その様子だと、シラス叔父様から聞いたようですね……」

口ごもるセラに、シスは目尻に涙を浮かべて、ぽつぽつと語り始めた。

「そうです。私、風の神の声が……どうしても聞こえないんです。

セラ姉様や、サーラ様が、幼い頃から当たり前のように聞いていたという声が……私には、生まれてこのかた、まったく聞こえないんです……

本当に、一生懸命……自分にできる限りの研鑽《けんさん》と努力を続けてきましたが……全然、駄目……私には《風の戦巫女》の資格がないんです」

「………」

「でも、セラ姉様は良《い》い人を見つけて、結婚してしまう……《風の戦巫女》の力を失ってしまう……その神の力を振るえるのは、清らかな乙女だけだから……

なのに、貴女の後を継げる《風の戦巫女》はいない……いないんです！

南原は《風の戦巫女》を失ってしまう！　風の神の加護を失ってしまうんです！」

思い詰めたようなシスに、セラは絶句するしかない。

「私が《風の戦巫女》を継げない以上、セラ姉様の結婚に反対する人が出るかもしれない
……そうでなくたって、《風の戦巫女》は南原最強の戦士……

その存在が抑止力となって、今まで南原に手出ししなかった勢力はたくさんいます……

レザリア王国とか……ッ！

だから、この南原に《風の戦巫女》は絶対に必要なんです！

私はセラ姉様に幸せになって欲しい！　だから、私はなんとしても《風の戦巫女》にならなければならないんです！　たとえ、この命に代えても！」

「シス……貴女、まさか……？」

震えるセラに、シスが悲壮な決意を固めた目を向けた。

「はい。私は覚悟を決めました！　今日、ここで、風の神の力を制御してみせます！　たとえ、声なんか聞こえなくなって……神の力くらい制御してみせる！

私だって……シルヴァースの一族なんだ！

私は、セラ姉様の後を継いで、立派な《風の戦巫女》になるんです！　セラ姉様が、皆《みんな》が安心できるように！　アルディアの未来のために！　だから——ッ！」

意を決したように。

シスは再び《風の鳩琴《オカリナ》》を構えて口をつける。

「おい、待て！　バカ野郎！」

「シス、お願い、やめて！」

二人の制止の声にも耳を傾けず。

シスは《風の鳩琴《オカリナ》》を——奏で始めた。

このうるさい暴風の中に、不思議とよく通る旋律が駆け流れていく。

『《汝《なんじ》、時渡る狂気と暴威。風に依《よ》りて永劫《えいごう》を引き裂き者》』

『《汝に仕えし旧《ふる》き神官の系譜——シルヴァースの風の戦巫女が此処《ここ》に希《こいねが》う》』

『——《Iya, Ithaqua》』

それは呪文詠唱《スペリング》ではない、オカリナが織りなす旋律だ。

なのに、なぜか旋律から意味が取れる。

そして、時間としては刹那なのに、まるで時間の流れが狂ったかのように、ゆっくりとその旋律は紡《つむ》がれ――

次の瞬間、世界を爆音が支配した。

「うおっ⁉　な、なんだ……ッ⁉」

「シス⁉」

さらに昂《たか》ぶり荒れ狂い、滅茶苦茶《めちゃくちゃ》に渦巻く風の世界の中心に――シスがいた。

そして、グレンとセラには見えた。

虚空《こくう》の果てより舞い降りし者。名状《めいじょう》し難《がた》き『大いなる存在』。

数多《あまた》の風を従え、時と空間を超えて三千世界を永劫渡り歩く、強大なる神性。

この世界に存在するありとあらゆる魔獣や生物とは欠片《かけら》も掠《かす》らない、正気を打ち砕くようなその異形。

巨大で悍《おぞ》ましき両手を翼のように広げたような姿、その〝影〟が――シスの背後の空間を裂いて、押し入るようにこの世界へ侵入を果たしたのだ。

そして、それがシスという存在に重なっていく。

シスを依り代《しろ》に、この現世に降臨してくる。

彼《か》の神性の名は――風統《す》べる女王《風神イターカ》。

それは知ってはならない名、理解してはならない存在であった――

「う、ああああああ⁉ な、なんだアレは……ッ⁉」

「ぐ、グレン君⁉ 気をしっかり持って！ あんまり直視しちゃ駄目！ 普通の人じゃ見てるだけで、精神をやられちゃう！」

あまりにも桁違いの存在感に、暴力的に溢《あふ》れる悍ましい神気に。

ガタガタ震えるグレンを、セラが必死に抱きしめる。

その一方――

神が放つ、今にもこの世界が滅びんばかりの暴嵐の中心で。

「……やった……やったわ……ッ！」

当のシスは、歓喜に震えていた。

「シス⁉」

「やりました……やりましたよ、セラ姉様！

私……風の神を……イターカを支配できました！

これで、私……セラ姉様の跡目を継いで、立派な《風の戦巫女》になれます！

南原の皆を……このアルディアを……守っ、……守っていけま……す！

セラ姉様を……皆を、幸せに……幸せに……幸せ……しあわ……」

段々と、シスの容態が変化していく。

その全身が少しずつ震え出し、目が虚《うつ》ろになっていき……

「し、あ、わ、ぁ、あ、ァアアアアアアアアああああああああああ——ッ!?」

やがて、頭を抱えて苦悶《くもん》に叫び始めた。

「や、やめて……やめてぇええええええ!?　わ、私を……私を奪わないで!?　食い散らかさないで!?　ァアアアアアアアアアアアアアアアア——ッ!?」

シスの背後に立っていた〝影〟が、少しずつシスへ侵入していく。同化していく。

シスという存在が、虚空に空いた深遠の穴のように真っ黒に染まっていく——

「な、なんだ!?　何が起こってる!?」

「自分に神を降ろして、逆に肉体を乗っ取られてるの！　全然、制御できてない！　やっぱり、シスにはその適性がなかった……ッ！」

慌てふためくグレンへ、セラが絶望的な声を上げた。

「ど、どうなるんだ!?」

「適性のない人間の矮小《わいしょう》な器に、外宇宙の神という膨大な存在は入りきれない！　このままじゃ、シスの身体《からだ》と精神がバラバラに弾《はじ》け飛んじゃう！」

「案の定、やべーじゃねえか！　どうすりゃいいんだ⁉」

「この世界とあの風の神を繋《つな》ぐのは《風の鳩琴《オカリナ》》だから！　まだ降臨が不完全なうちに、あの《風の鳩琴《オカリナ》》を破壊すれば……ッ！」

見れば、頭を抱えて蹲《うずくま》るシスの手には、《風の鳩琴《オカリナ》》が握られている。影絵のようになったシスの、その一点だけが彩《いろど》りを持って浮いていた。

「南原の秘宝らしいが、しゃーねえか！」

グレンがシスへ向かって一歩踏み出しかける。

ぞくり。途端、冷たい死の気配を感じて、グレンは足を止めた。

（こ、このシスの周囲に吹き荒れてる風……ヤバすぎる。あと一歩でも近づいたら、俺は一瞬で挽肉《ひきにく》になっちまう……接近は不可能だ……ッ！）

これは最早、風であって風でない。挽肉器《ミル》だ。

物理的な刃が、無数にシスの周囲に狂気乱舞しているようなものだ。

「くっ⁉　なら——ッ！」

グレンは軍時代に愛用していた魔銃《ペネトレイター》を抜いて、構えた。

「グレン君⁉」

「大丈夫だ、この距離なら外しようがねえ！」

グレンは左手の甲で銃身を固定し、慎重に《風の鳩琴》《オカリナ》へ狙いを付ける。

「外しようがねえ……んだが……ッ！」

グレンが歯がみして、自分とシスの間に吹き荒れる風を見据える。

額に、じわりと脂汗が浮かぶ。

（……駄目だ！　風の動きが不規則すぎる……読みきれねえ！　《ペネトレイター》が放つ弾丸じゃ、確実に流される！　最悪、シスに中《あた》る……ッ！）

すぐ目の前なのに。

どこをどう考えても、《風の鳩琴》《オカリナ》を撃ち抜けるイメージが湧かない。

「……クソッ！」

グレンは銃を引っ込め、歯がみするしかない。

と、その時だった。

『《ペネトレイター》で、どうにかなる状況かよ。少しはマジになれや』

ふと、グレンは気付いた。

自分の隣に——グレンが立っていた。

そのグレンは、どこかで見たような、いかにも古臭いボロのマントを纏《まと》って、システィーナのことを真《ま》っ直《す》ぐ見据えていて——……

「グレン君、どうしたの⁉」

「⁉」

セラの言葉で、グレンは我に返った。

気付けば、そんな変な格好をしたもう一人のグレンなど、どこにもいなかった。

「すまん、なんでもねえ！《ペネトレイター》じゃちょっと無理だと思ってな！

だが、安心しろ、セラ！　俺には——こっちがある！」

そう言って。

グレンは、もう一丁の銃を取り出した。これまた古臭い、火打ち石式拳銃《フリントロック・ピストル》だ。

「——魔銃《クイーンキラー》！　弾丸の軌道を完璧に操作できるコイツなら！」

そう自信ありげに宣言し、新たな銃を構えるが——……

「ねぇ、グレン君……その銃、何？」

セラが不安げに聞いてきた。

「グレン君って……そんな銃、使ってたっけ？　どこで入手したの？　そもそも、その銃

「……今、どこから取り出したの……？」

「………………………」

思わず、押し黙るグレン。

そう、セラの疑問はもっともだった。

だって、この世界では、グレンがこの銃を手に入れていることは、あり得ないからだ。

だが……それは深く考えてはいけない。考えてはいけないことだ。

「今はシスを救うのが先決だぜ！　うおおお、行け！　《クイーンキラー》！」

セラの疑問を、自分に対する疑問をはね除《の》けるように。

グレンは、火打ち石式拳銃《フリントロック・ピストル》の引き金を引いた。

どぉん！　まるで小型砲のような炸裂《さくれつ》音が響き、銃口から魔力で錬金錬成された大口径弾が、壮絶な威力で吐き出される。

そして、その弾道はまさにグレンのイメージ通りに、飛んでいく。

が。

バシュ！　シスの周囲に渦巻く壮絶な風が、飛翔《ひしょう》する弾丸をたちまち粉々にした。

「ど、どんだけだよ……？」

さすがに、想像を絶する風の威力に、グレンは唖然《あぜん》とするしかない。

この分では、今、グレンの手持ちの軍用攻性呪文《アサルト・スペル》も似たような結果となるだろう。さすがに、黒魔《くろま》改【イクスティンクション・レイ】ならば通るだろうが、それはシスも吹き飛んでしまう。本末転倒だ。

「クソッ！　どうすりゃいいんだ、コレ⁉」

いきなり手詰まりになった状況に、グレンが歯がみしていると。

「ギ……」

突然、今まで悶《もだ》え苦しんでいたシスが、不自然にかくかく動き出す。

まるで、何かの操り人形であるかのようなその挙動。闇に塗り潰されたような存在の中、目だけが妖《あや》しく輝き、もうすっかり正気ではない。

そんなシスが、グレン達へ向かって、すっと左手を伸ばして——次の瞬間。

斬ッ！

その手から巻き起こる超巨大な風の刃《やいば》に、山頂が割れた。

「グレン君！」

「……んなっ⁉」

咄嗟《とっさ》に、セラが《疾風脚《シュトロム》》でグレンを抱えて、その場から離脱しなければ、グレンは粉々に消し飛んでいただろう。

「な、なんだ⁉　なんで俺達に攻撃を⁉」

「た、多分……シスを乗っ取りかけてる〝神〟に、敵と認識された……ッ！」

そんなセラの言葉を証明するように。

「ギ、ギギ……ッ！」

シスはさらに、グレン達へとその両手を伸ばして──

「下がって！　グレン君ッ！」

セラが咄嗟に、愛用のオカリナを取り出し、吹いた。

世界を、風と風が激震させた。

シスが放った風と、セラが放った風が、真っ向からぶつかったのだ。

「うおおおおおおお──ッ⁉」

先ほどまでが春の日向《ひなた》の凪《なぎ》に感じられるくらい、その場を支配する暴風の威力が跳ね上がった。

真っ向勝負で、神の風を受け止められるわけがない。

セラは、自身の風使いとしての技巧と技術を尽くして、神の風を受け流したのだ。

逃げ場を求めた鋭き風は、遙《はる》か周囲に連なる山脈の天辺《てっぺん》を次々と切り飛ばし、ボロボロに打ち砕いていく。

まるで常識外れ、世界の終焉《しゅうえん》のような光景がここに広がっていた。

「せ、セラ……ッ！」

「こ、ここは……私に任せて……ッ！」

そんなセラへ向かって、シスはさらに風を放つ、風を放つ、風を放つ。

セラは必死に風を操作し、それを受け流す、受け流す、受け流す。

震える大気。震える大地。

世界が、巨大な風のミルにかき回され、ミンチになっていく──

（すげえ、セラのやつ！　あいつ、ここまで凄《すご》かったのか……ッ⁉）

その戦いを見守るしかないグレンが、風圧で開けていらない目を必死に凝らした。

（だが、セラ……ヤバいぞ！　お前はすでに……ッ！）

そんなグレンの危惧を、すぐさま証明するかのように。

「──ッ⁉　ゴホッ！　ケホッ！」

次の瞬間、セラは激しくむせ、吐血し始めていた。

（やっぱりじゃねえか！　お前はすでにここに来るまでに消耗しきってんだ！　なのにこんな無茶苦茶な術を行使したら……お前が死んじまうぞ⁉）

その時、焦燥が。

猛烈なる焦燥が──グレンの背筋を焦がした。

また、失うのか？

なぜか、心の中に浮かぶ、その言葉。

〝私、もう駄目みたい〟

なぜか、ぐったりとしたセラがそんな言葉を唇で形作るイメージ。

（なんだ……俺は一体、何を見てる⁉

いや、違う！　そんなことはどうでもいい！

どうすりゃいいんだ⁉　一体、どうすりゃ――……）

焦燥に急《せ》き立《た》てられるまま、グレンが必死に考えていると。


『そんなもん、決まってんだろ？　いつまで寝ぼけてやがんだ、お前』


気付けば。

また再び、奇妙なボロのマントを羽織ったもう一人のグレンが、隣にいた。

「……お前……ッ⁉」

『《クイーンキラー》……いい線いってたけどな。だが、ああいう外宇宙の邪神共を相手にするにゃ少々役者不足だ。そんなの、とっくの昔にわかりきってただろ』

そのもう一人のグレンは、どこか呆《あき》れているようだった。

そのもう一人のグレンが何者なのか……今のグレンにはわからない。

否――わかりたくない。

だが。

「じゃあ、どうすりゃいいんだよ⁉　クソったれが！」

シスとグレンを守るために必死で戦うセラの背中を見据えながら、グレンは叫んだ。

『だから……いつまで、寝ぼけてんだよ？』

対するもう一人のグレンは、どんどん呆れていっている。

『今のお前には、あるだろうが』

「……ッ！」

そう。あるのだ。わかっていた。

そんなもの、最初からわかっていた。

だが、同時に──わかりたくなかった。

「おい、お前……ッ⁉」

気付けば。

もう一人のグレンの姿は、もうどこにもいない。

しばし、グレンは躊躇《ためら》うように、迷うように押し黙って。

「……ッ！」

やがて、何かを決意したように顔を上げた。

そして、荒れ狂う暴風の中をしっかりとした足取りで歩き……セラの隣に並ぶ。

「グレン君⁉」

ぎょっとしたセラが、叫んだ。

「あ、危ないよ⁉　下がって！」

「いや、もう大丈夫だ」

だが、グレンは落ち着き払った声色でそう応じる。

「すまなかったな、セラ。後は俺に任せてくれ」

そう言って、グレンが左手を前に差し出す。

そして、何事か念じると――


カッ！


グレンの左手が眩《まばゆ》く輝き出し――

やがて、幻が結像するように、その掌《てのひら》の先に、とある物体が出現した。

赤い魔晶石だ。

「ぐ、グレン君……？　それは一体……？」

「さぁ……なんだろうな？」

そう嘯《うそぶ》いて。

グレンは、ぼそぼそと何事か呪文を唱える――……

「……時天神秘【OVER CHRONO ACCEL《オーバークロノアクセル》】」

その瞬間、世界が変わった。

グレンが掲げる左手を中心に――世界が変革した。

巨大な時計のような魔術法陣が無限の空の彼方《かなた》まで広がり、この世界の法則を支配し、塗り替えていく。

世界の全てが色彩を失い、モノクロームに染まる。

風が――止まる。

時間が――止まる。

「えええっ⁉」

「ったく、無茶しやがって……」

まるで意味不明な現象に、驚いて目をぱちくりさせるセラを尻目に。

グレンは、時が止まって硬直したシスの下へ、悠然と歩いていく。

「……《0の専心《セット》》」

そして、シスの前に立ち、魔銃《ペネトレイター》を抜いて構える。

シスに当たらないよう、《凪の鳩琴《オカリナ》》へと慎重に狙いをつける。

そして――引き金を引いた。

銃声一発。たったそれだけが。

南原が滅びかねない事態に幕を強制的に下ろす、鐘の音であった。

――――。

「……う、ん……？」

仰向けに横たわるシスが、ゆっくりと意識を取り戻す。

「あ、あれ……私……？」

「……シス……ッ！」

次の瞬間、そんなシスを介抱していたセラが、シスを抱きしめていた。

「もう！　バカ！　ばかばかばかっ！　なんていう無茶をするの⁉」

「セラ姉様……わ、私……一体、どうなって……？」

「風の神に乗っ取られかけてたの！　あともう少しで本当に取り返しのつかないことになるところだった！」

セラが珍しく言葉の端々に怒りを滲《にじ》ませていた。

「……そう……やっぱり、私……ごめんなさい……」

シスは申し訳なさそうに、哀《かな》しげに目を伏せるが。

「……あれ……？　でも、だったら、どうして助かったの……？」

ふと浮かんだ疑問を口にする。

「グレン君が……助けてくれたんだよ」

「！」

セラの言葉に、シスが視線を動かした。

「よぉ、お目覚めか？　シス姫様」

その先には、どこか呆れたような様子のグレンが立っており、セラに抱き起こされているシスの顔を覗《のぞ》き込んでくる。

「まーた、随分とまぁ、分不相応な無茶をやらかしたもんだ」

グレンがシスへ《風の鳩琴《オカリナ》》を放る。それには傷一つ、ついてない。

グレンの魔弾が貫いたのは、《風の鳩琴《オカリナ》》を通して、そのシスを乗っ取ろうとする外宇宙の邪神の〝影〟そのものだったからだ。

「あ、貴方《あなた》が私を……？　嘘《うそ》……暴走した神の力を、貴方が……？」

《風の鳩琴《オカリナ》》を受け取ったシスが、不思議そうに目を見開くが。

「……ううん……言われてみれば……朧気《おぼろげ》ながら覚えてる……貴方が、何かとても凄《すご》い力を使って、私を助けてくれたこと……」

やがて、目を逸《そ》らして伏せ、そんなことを呟《つぶや》いていた。

「貴方って、本当に凄い人だったのね……なのに、私は……自分の不甲斐《ふがい》なさを棚に上げて、貴方に八つ当たりしてたなんて……本当、バカ……」

「それだけ、お前はセラが好きで、南原のアルディアが大事で、自分の使命に対して真面目で真剣だったんだろ。俺は気にしちゃいねえ。お前も気にすんな」

「…………」

シスが俯《うつむ》いて押し黙っていると。

「……ごめんね、シス」

セラが優しくシスの頭を撫《な》でながら、そう言った。

「どうして……セラ姉様が謝るんですか……？」

「私、大好きな人と一緒になれるって、ずっと浮かれてた。無意識に、貴女《あなた》のことを追い詰めていた。貴女の苦悩に気付いてあげられなかった……本当にごめんね……」

「ち、違います！　姉様ッ！」

慌てたように声を張り上げ、シスがセラの言葉を否定する。

「姉様は、《風の戦巫女《いくさみこ》》として、この南原にずっと尽くしてきました！　ずっとその重責に耐えてきました！　だから、姉様には幸せになる権利があるんです！

不甲斐ないのは、私……姉様の跡目をきちんと継ぐことのできない、この私なんです……ッ！　だから……ッ！」

「……焦《あせ》りすぎだ、バカ」

そんなシスへ、グレンが片膝をついて視線の高さを合わせ、言った。

「それで死んじまったら本末転倒だろ？　もっと自分を大事にしろよ」

「だ、だって……」

「それに……必ずしも神の力を制御できなきゃ、《風の戦巫女》にはなれねえってわけでもなさそうだしな」

「は!?　な、なんでそんなこと……ッ!?」

グレンを凝視するシスへ、グレンがおどける。

「ちょっと考えりゃわかるさ。お前は神の声が聞こえない。そんなん、シラスさんも、族長達も皆《みんな》、とっくに知ってんだろ？

その上で、皆、俺とセラの婚姻を認めてんだ。つまり、なんつーか……《風の戦巫女》ってのは、南原の民の信仰と祭儀を取り仕切る、南原の象徴……一つに団結するための旗印みたいなもんなんだろうよ」

たとえば、アルザーノ帝国の王家、女王陛下のような。

「それに、さっき見た感じ、あの神の力はヤバすぎる。制御できるからって、人間がホイホイ使っていいもんじゃない。ここが帝国だったら、あんなもん、速攻で《封印の地》行きだ」

グレンはシスの握りしめる《風の鳩琴《オカリナ》》を忌々《いまいま》しげに流し見た。

「こんな人の埒外《らちがい》の力に頼っていれば、いつか、絶対に取り返しのつかない災厄が、この南原に降りかかるだろうよ。

多分な……シラスさんは、この神の力に頼ることを、よしとしてないはずだ。元々、お前に、この《風の鳩琴《オカリナ》》を継がせる気はねえんだよ。だから……代わりに、この南原に新しい風を。」

古きを尊ぶのではなく、新しきを受け入れ、発展し、前に進んでいく。

南原の真なる栄光の未来のために——そんな道をシラスは選んだのではなかろうか。

「焦る必要はねえ。焦る必要なんて何一つねえんだ」

「で、でも……ッ！　私、不安で！」

シスが訴えかけるように、グレンへ縋《すが》る。

「私……こんなことで、セラ姉様の跡目を継げるの⁉　セラ姉様みたいに……この南原を守れるの⁉　この南原の民の未来を導いていけるの⁉」

唇を震わせるシスへ、グレンは——

無責任な励ましも肯定もすることなく、きっぱりと言った。

「それは……わからねえよ」

「……ッ⁉」

途端、シスが哀しげに俯いてしまうが。

「だが、それは誰だって同じだ」

グレンは、そんなシスの両肩に手を置き、真《ま》っ直《す》ぐ見つめる。

「お前だけじゃない。たとえ、シラスさんだって、セラだって……無論、俺だってな。未来のことなんて、誰もわかりゃしねえんだ。

セラが結婚せず、《風の戦巫女》を続ければ、南原の未来は守れるのか？

お前が神の力を制御できる《風の戦巫女》になれば、南原の未来を守れるのか？

わかんねえんだよ、そんなことは。当たり前のことだ」

「じゃ、じゃあ！　一体、私はどうすればいいんですか⁉　どうしたら——」

「そんなの決まってるだろ？」

すると、グレンは言った。

「ただ——歩み続ければ、いいんだよ」

そんなグレンの言葉に。

シスが、はっと目を見開いて顔を上げる。

「未来がどうなるかなんてわからねえよ。望まぬ結末を恐れて、足が鈍ることもある。

今、ここにある残酷な現実に心が折れて、足が止まっちまうこともある。

でもな……歩み続けていれば、少なくとも、今、ここで立ち止まっているより、幾ばくか望む未来に近づいているのは、間違いなく確実なんだ。

たとえ、お前が望み願った未来の景色とはほど遠くても、今、ここで立ち止まっている現在より、どこか、ほんの少しだけ良《い》い景色が見えているはずなんだ。

……歩み続けているわけだからな」

「…………」

「それにな……お前は《風の戦巫女》を目指して、今も努力しているんだろう？

歩み続けていれば、いつか必ず辿《たど》り着《つ》く《風の戦巫女》という未来を目指して。

だったら……そうやって歩み続けているだけで、お前はすでに、もう立派な《風の戦巫女》なんだよ。難しく考えることは何もねえんだ。

ただ歩み続けていれば、それでいいんだよ……」

「…………」

シスはグレンの言葉を噛《か》みしめるように、グレンを呆然《ぼうぜん》と見つめていたが。

そのグレンの言葉を誰よりも噛みしめていたのは……言った当人のグレンであった。

（ただ歩み続けているだけで、いい……か）

なぜだろうか。その言葉は、なぜか自分自身に刺さる──

「……でも……一人で歩み続けるのは、とても大変ですよね？　貴方が言うほど、楽なことじゃないですよ……？」

「バカめ。この人の世に、人生に、楽な道なんかどこにもあるもんかい。

皆、それぞれの苦悩や葛藤、後悔を等しく抱えて、ひいこら言いながら生きてんだよ。

あの時、あっちの道を選んでおけば良かった、いや、こうしておけば良かった、なんで自分はこんな道を選んだんだ、こんなはずじゃなかった……皆、同じなんだよ。

男、女、大人、子供、富豪、貧乏人、天才、凡人……全員だ。例外はねえ。外から見たら楽そう、幸せそうに見えて、案外、皆、裏で泥のように苦しんでるもんだ」

「…………」

「これからこの南原が輝かしい未来を目指して、皆、それぞれの道とやり方で歩み続けるなら……そうだな、皆、《風の戦巫女》になれるってことにならねえか？

そう考えると、《風の戦巫女》であることなんて、わりと簡単に思えてくるだろ？」

「フン……なんですか、その超理論……」

シスが、拗《す》ねたようにそっぽを向く。

「でも……貴方って……本当に教師みたいですね……」

「だから、教師なんだって」

「そうか……ただ、歩み続けているだけでいい……そうね……そうだったんだ……」

そう呟いて、シスがゆっくりと立ち上がった。

そして、グレンに向かって、深々と頭を下げる。

「本当に……今まで色々とご迷惑をおかけしました。ごめんなさい。

そして、貴方には、まだまだ学ぶべきことが数多くあるようです。

いつか、本物の《風の戦巫女》になれるように、この南原の未来のために……どうか、
これから、ご指導ご鞭撻《べんたつ》のほど、よろしくお願いします。その……グレン先生……」

そんなシスの姿に、グレンとセラは顔を見合わせて、笑い合う。

「……さ、帰ろう、グレン君、シス」

「そうだな……」

こうして、三人は連れ立って山を下り始めるのであった。

見渡せば、夜明け。

黎明《れいめい》の光が、連なる山々の峰を照らし始めていて――

グレンは、その光を遠い目で見つめながら、誰にも聞こえない声で、こう呟くのであった――

「……潮時、なのかもな……」

# 第五章　Revived last word

――夢を、見る。
なんだか、最近よく見る変な夢だ――……

～～～。

「――《Iya, Ithaqua》ッ！」
「――正義《ジャスティス》ッ！」

三人の少女達と、男が戦っている。
無限の宇宙空間のような世界で。
天地開闢《てんちかいびゃく》のような破壊とエネルギーを激しく応酬しながら、戦っている。
相も変わらず、少女達はまるで神話のごとき力を振るっているが。

それでもなお、男は圧倒的。

少女達は今にも押しきられそうだ――

「君達は……いつまで戦い続けるんだい？」

戦いの最中、男が少女達へ問う。

「先生が帰ってくるまでよ！　そして、先生と一緒に貴方《あなた》を打ち倒すまで！」

銀髪の少女が毅然《きぜん》と答える。

「確かに、ジャティス……貴方は強いわ。

きっと、貴方の〝正義〟は……それがたとえ、狂っていて、歪《ゆが》みねじ曲がった最低最悪なものであったとしても……〝本物〟。

私達にとっては疑う余地なき〝邪悪〟であったとしても、貴方が自身の全てをかけて歩み続け、貫こうとした〝正義〟は、嘘《うそ》偽りのない〝この世界の一つの真実〟なんだわ。

それは……それだけは、認めてあげるわ」

「お褒めに与《あずか》り恐悦至極だよ」

銀髪の少女の刺々《とげとげ》しい賞賛に、男は慇懃《いんぎん》に一礼してみせる。

「ならば、きっと同時に理解したはずだろう？　自分達では僕には勝てない、と」

「そうね……きっと……そう」

男の指摘に、銀髪の少女が悔しげに顔を歪める。

「私達もこれまで自分達の歩んできた道に、これから歩む道に、その正しさに何の疑いもない。正しいとそう信じているし、信じられる。

だけど……重ねた道のりが、時間が、まだまだ、貴方には遠く及ばない」

「ははは、よく勉強しているじゃないか」

男は手を叩《たた》いて、褒《ほ》め称《たた》える。

「魔術の二大法則が一、『等価対応の法則』。

大宇宙すなわち世界は、小宇宙すなわち人と等価に対応しているという古典魔術理論……世界の変化は人に、人の変化は世界に影響を与えるというものだったね。

魔術とは、魔術式とは、究極的にそれは世界に影響を与えるものじゃない。人に影響を与えるものだ。人の深層意識を変革させ、それに対応する世界法則に結果として介入する……それが魔術の本質。すなわち魔術とは、人の心の有り様を極め、自らの在り方を突き詰めるものに他ならない。

君達が辿り着いた、その数々の神秘のように。

そして——この僕が到達した〝正義〟のように」

「だからこそ……私達は勝てない」

「その通り。何も君達の歩んだ道が、神秘が、正義が、僕に劣っているわけじゃあない。単純に——年季が違う。それだけさ」

「そりゃ、五億年も自身の正義のために邁進《まいしん》した人なんて、この世界広しといえど、貴方だけでしょうね！　この次元樹に存在する、ありとあらゆる分枝《ぶんし》世界を全てひっくるめても、貴方以外にいてたまるもんですか！」

「ふむ……そこまで理解しておいて、君達は、なぜ、この僕と戦い続けるのかな？」

男の声色には、相手を見下す意図も、挑発の意図も微塵《みじん》もない。

そこにあるのはただ純粋なる興味と敬意だ。

「決まってるでしょう⁉　信じてるからよ、先生を！」

そして、そんな男の問いに、銀髪の少女は毅然と答えた。

「確かに、私達じゃ貴方には勝てない！

でも、先生なら……きっと、先生なら勝ってくれる！　勝てる！

だから、私達は先生が帰ってきてくれることを信じて戦っているの！」

「……だが、肝心の彼は一向に帰ってこない。

ひょっとしたら……彼は、君達が信じているよりも、思っているよりも、ずっと凡人で……君達が買いかぶりすぎているだけなんじゃないか？」

「フン！　それを言うなら、先生は元々、凡人よ！

先生は超人じゃない！　わりとどこにでもいる、本当に普通の人！

でも、そんな凡人だったから……どこにでもいるような人だったから！

だから、先生が悩んで苦しみながら、必死に歩み続けてきたその道のりは……何よりも尊かった！　私達を強く導いてくれた！

そんなことは……貴方だってわかっているでしょう⁉」

「…………」

銀髪の少女の言葉に何か感じ入るものがあるのか。

男は静かに目を閉じ、どこか口元に薄く笑みを浮かべてすらいた。

そんな男へ、銀髪の少女はさらに続ける。

「でも、誰だって迷う時はあるわ！　あまりにも残酷で厳しい現実を前に、夢に逃げたくなる時だってある！　超人でもなんでもない、普通の人ならなおさらよ！

きっと……先生は今、自分の最も根幹にある心的外傷《トラウマ》——ある意味、最大最強の敵と戦ってる……そんな気がするわ！

だから、私が教えるの！

今まで、私が先生に教えられてきたように……今度は私達が先生に教えるの！

こうして、貴方と戦い続けることで！

私達は、先生のおかげで、こんなに立派になりましたって！

今まで先生が私達の向かうべき道を示してくれたように……今度は、私達が先生の向かうべき道を示すのよ！

何も恐れる必要なんてない！

先生が、ただ歩み続ける先に——未来があるんだって！

ただ、それだけで、先生は、最初からずっと〝正義の魔法使い〟だったんだって！」

そんな銀髪の少女の言葉に応じるように。

「…………」

「…………」

その左右を固める金髪の少女と、青い髪の少女が黙って深く頷《うなず》いて。

男はそんな少女達を前に、しばらくの間、押し黙っていて。

「ククク……ハハハ……彼は随分と幸せ者じゃあないか。これだけ立派な教え子達に恵まれるなんて、さぞかし教師冥利《みょうり》に尽きることだろう。だが、僕は容赦しない」

やがて、男は鋭い瞳で山高帽を深く被《かぶ》り直し、改めて少女達を見据える。

「〝汝《なんじ》、望まば、他者の望みを炉にくべよ〟……どんな正論や理屈を並べ立てようが、僕達の戦いは究極的にはそこへ帰結する。

なにせ、僕と君達は、正真正銘の魔術師なのだからね。

……示すがいいさ、若人達。

君達が彼を信じるなら。君達が僕を否定し、君達の正義を謳《うた》うなら。

僕という薪を炉にくべて、高らかに希望の狼煙《のろし》を未来へと上げるといいさ」

「語るに……及ばないわ！」

こうして、少女達と男は、また激しく戦い始める。

神々の黄昏《ラグナロク》のように。

激しい戦いの最中、銀髪の少女は叫ぶ。

ここにいない、誰かに届けとばかりに叫び続ける――……

「先生！　私達は――大丈夫です！
だから、焦《あせ》る必要なんて何もありません！
先生が納得できる答えを見つけるまで――私達は絶対に負けませんから！
だから――……」

～～～。

――。

――幸せだった。
南原で、セラと過ごす日々は……幸せだった。
幸せで、幸せで、溶けそうだった。
セラの何気ない仕草を見ているのが好きだった。
セラのふと俺を見つめて、零《こぼ》れる微笑《ほほえ》みが好きだった。
南原の生活は――悪くなかった。
南原に住まう人々は皆、気の良《い》い連中で。

シスを筆頭に、生徒達は皆、俺のことを慕ってくれている。

セラの両親は、家族思いの良い人達だし、こんな余所者《よそもの》の俺に良くしてくれる。

何より――俺の傍《そば》に、セラがいる。

セラが、いるんだ。

それだけで、もう他に何もいらないんだ。

だが、俺は――……

――。


そんな、のんびりとした幸せな日々の中。

ついに、グレンとセラの婚礼の日がやってくる。ついに二人は夫婦になるのだ。

シルヴァースの姫君の結婚式ということで、それはアルリディアを挙げて、盛大に行われることとなった。

都市内は、すっかりお祭り騒ぎだ。

宮殿は一般に広く開放され、中庭は多くの市民で賑《にぎ》わう宴会場と化している。

大量の料理や酒が無償で振る舞われ、仮設舞台では踊り子が踊りを披露し、楽士団が笛や太鼓で南原の楽しげな民族音楽を奏《かな》でている。

とにかく、結婚式となれば老若《ろうにゃく》男女《なんにょ》身分を問わず、大勢の人を集めて三日間ほど、飲めや歌えやで騒ぎまくる……というのが南原式らしい。

そんな外の楽しげな様子を、グレンが宮殿の窓から見下ろしていると。

「……婿殿」

「！」

不意に肩を叩かれて、グレンは、はっと顔を上げ、振り返る。

「シラスさん……」

「どうしたのかな？　何かもの思うところのある顔をしているよ」

そう指摘され、グレンは我が身を振り返る。

今のグレンは南原式の婚儀礼装――煌《きら》びやかな紋様が刺繍《ししゅう》された立派な着物を纏《まと》って、待合室で待機しているところであった。

「何か、納得のいかないことでもあっただろうか？」

「ははは、そんなことは。まーさか、本当に俺が結婚するなんて、想像もつかなくってですね」

すると。

「はぁ～、もう情けないですね！　それでもセラ姉様の夫となる殿方ですか⁉」

そんなグレンにシスが突っかかってくる。

「セラ姉様の一世一代の晴れ舞台なんですからね！　恥かかせちゃ駄目ですからね⁉」

「おう、わかってる」

「って、ほら！　言ってる傍からここ、よれてる！　じっとしててください！」

そう言って、シスが慣れた手つきでグレンの着物の胸元を正してくれる。

「はぁ～、先生がちゃんとできるかどうか、今から不安になってきたわ……」

「悪《わり》ぃな」

とはいえ、こうして渋々でも衣服を正してくれるあたり、グレンとシスの関係も大分、改善されたようである。

と、そんな時だった。

「失礼します」

シルヴァース一族に仕える従者の一人が、やってくる。

「シラス様」

「おお、婚礼の準備はどうかな？」

「花嫁……セラ姫様の婚礼衣装の着付けは、サーラ様が付き添っておられます。婚礼の儀やその後の宴《うたげ》の準備も順調、参列する各氏族へのもてなしも抜かりなく……」

「そうか、ありがとう。その調子で頼むよ」

シラスがにこりと笑うと、従者は何か言いづらそうな顔で続けた。

「あの……それと、シラス様。もう一つお耳に入れたいことが……」

「なんだい？」

「実は……本当に突然ですが、先ほどからここに通せとうるさいお客人の御方《おかた》がおられるのですが……」

「客人？」

「はい、帝国人です。グレン様の身内だとか……」

すると。

「ああ、そいつは俺が呼んだんだ。どうか通してくれないか？」

待っていたとばかりに、グレンがそう応じた、その時。

だだだだだだだだだだだだだだだ——っ！

部屋の外から、廊下をもの凄《すご》い勢いで駆け抜けてくる音が、近づいてきて。

ばぁん！　派手に扉を蹴り開け、その女は現れた。

豪奢《ごうしゃ》な金髪、魔性の美貌、真紅の瞳。

美の神に愛されたような完璧かつ抜群のプロポーションに、黒いゴシックドレスを纏った、その絶世の美女は──

「ごらぁあああああああ!?　グレン、お前ぇえええええ!?　この私に一言もなく、こんな辺境で勝手に結婚するたぁ、一体どういう料簡《りょうけん》だぁあああああああああああああああああああああああ──ッ!?」

グレンの師匠であり、親代わりの──セリカ＝アルフォネアであった。

セリカは、その手に持った箒《ほうき》型の飛行魔導器──どうやら、それに乗って、フェジテからここまではるばる飛んできたらしい──を、憤怒《ふんぬ》のあまりにベキン！　とへし折る。

そして、鬼のような形相でグレンへと詰め寄っていく。

「退役したはずのお前が待てど暮らせど帰ってこない！　やっと連絡の手紙がきたかと思えば、結婚とか予想斜め上の展開で世界がひっくり返ったかと思ったわ！

お前が、あのセラとなんかいい感じなのは知ってたがな！　それにしたって、通すべき筋ってもんがあるだろうが、この薄情モンがぁああああ!?

ええい！　お前みたいな恩知らずはもう息子とは思わん！　アンド！　お母さんはこんな結婚、認めないからなぁあああああああああああ——ッ!?

一言で矛盾してるとかいうツッコミは知らん！　全部、吹っ飛ばしてやるぅううううううううううううううううううううう——……」

と、セリカが掲げた両手にもの凄い魔力を高め始めた——

その時だった。


グレンは……セリカを正面から、ひしと抱きしめていた。


「「「……ッ!?」」」

呆気《あっけ》に取《と》られるその場の一同。

「おい！　グレン、放せ！　そんなんで、この私を誤魔化《ごまか》せると本気で——……」

当然、セリカも唐突なグレンの行動に、最初はジタバタと激しく抵抗していたが。

「会いたかった」

「……グレン？」

グレンの様子のおかしさに、セリカは眉をひそめ、抵抗をやめた。

見れば……グレンは微《かす》かに震えていた。

何かを堪《こら》えるように、何かを悼《いた》むように。

ただ、必死になってセリカを抱きしめて……震えていた。

その姿は、まるで怖い夢に怯《おび》える小さな子供のようだった。

「本当に……会いたかったんだ……」

「どうした？　お前、まるで泣きべそのガキに戻ったみたいじゃないか」

どうにも毒気を抜かれたセリカは、ため息を吐《つ》き、グレンの頭に手を置く。

「セリカ……」

しばらくの間。

グレンはそのまま、じっとセリカを固く、強く抱きしめ続ける。

「ったく、なんなんだよ……」

セリカもグレンが落ち着くまで、抱きしめられるに任せるのであった。

――――。

シラスが気を利《き》かせ、グレンはセリカを連れて、外の空気を吸うことになった。

今、グレンとセリカがいる場所は、宮殿の空中庭園だ。

南原特有の草木や花々に囲まれた美しい場所だが、人気はなく閑散としている。

遠くから、今日の婚礼の前宴で騒ぐ楽しげな人達の喧噪《けんそう》が聞こえてくる。

二人は、ベンチに並んで腰掛けながら空を眺めていた。

「まったく、どうしたっていうんだ？　いきなり抱きついてくるなんて」

「…………」

グレンは無言。

「それにしてもお前……さすがにいきなり、あんな誤解されるような真似《まね》はやめろよな……私、ババアだけど、見た目だけは若くてピチピチ絶世の美女なんだからさ。結婚前に、変な噂《うわさ》が立ったらどうすんだよ？」

「…………」

グレンは無言。

「はっ⁉　ひょっとしてまさか⁉　グレン、お前ぇ実はそういう⁉　実は、あの女とは遊びで、本当に愛していたのは、この私だったとか⁉　若さゆえの過《あやま》ちに身を任せすぎて、引っ込みがつかなくなって助けてくれと⁉

いやぁ〜〜〜っ！　それは困るなぁ〜〜〜ッ！　私とお前は血の繋《つな》がりはないとはいえ、母親と息子なのになぁ〜〜〜ッ!?

でもまぁ、お前がそこまで私以外にいないっていうなら、駆け落ちも考えてやってもいいぞぉ？　まずはこの南原を魔術で全て吹っ飛ばして——……」

「…………」

グレンは無言。

「……ま、そういうアホな冗談はさておいとくか」

苦笑いして肩を竦《すく》め、セリカも無言になった。

二人並んで、どこまでも遠い空を眺め続けている。

陽光は眩《まばゆ》く、風は心地好《よ》く、婚礼の祝祭には本当に絶好の日和だ。

「…………」

「…………」

しばらくして。

「すまねえ、セリカ」

グレンが、何か意を決したように呟《つぶや》いた。

「今まで、お前に会わなかったのは……結婚に関して一言もなかったのは……お前はもういない。お前にはもう二度と会えない。

なぜか、俺は心のどこかでそう思っていた……そう思い込んでいたからなんだ」

「ははは。おいおい、本当にどういうわけだよ？」

少しだけセリカが呆《あき》れたように。

だが、それでもグレンを安心させるように優しく、言った。

「私は、ここに居るぞ？」

「ああ、そうだ。ここには居るんだ、ここには。居て当然なんだ。

だから……最後に、どうしても、お前と会って話をしたかった」

「最後？　はん。お前、何かおかしなもんでも食ったか？　ひょっとして、南原の水が合ってないんじゃねーの？」

苦笑するグレン。何かやり取りを懐《なつ》かしんでいるような……そんな顔だ。

「なぁ、セリカ。一つ……聞いて良いか？」

やがて、グレンはセリカに問いかける。

「なんだ？」

「俺……このまま、結婚していいと思うか？　自分でも今さら何を言ってんだって、そう思うが、お前はどう思う？」

「……じゃあ、私も一つ聞くが。お前、あのセラとかいう女……どう思ってんだ？　好きなのか？　嫌いなのか？」

「好きだよ。愛してる。あいつのためなら、俺の一生を捧《ささ》げてやってもいい……そう思えた女だよ。あいつと出会えたのは、俺の人生の中でも最高の幸運だった」

「なら、何も問題はない」

セリカは、そう強く言いきるが。

「……と、言いたいところだが。お前が悩んでいるのは……多分、そういうことじゃないんだろうな。それくらいはわかるよ、長い付き合いだしな」

何かを察したように、そう結論する。

そして、そんなセリカの言葉を肯定するかのように。

「…………………」

グレンは俯《うつむ》いたまま、押し黙り続けるのであった。

すると。

「……くっく……」

突然、セリカが含むように笑い始める。

「くく……あはっ、あははっ！　あっははははははは！」

「……なんで笑うんだよ？」

さすがに非難じみた目を向けてくるグレンへ、セリカがあっけらかんと言った。

「いや、何だ？　いつか、どっかの辺境の寒村で、《塔》のアンリエッタぶっ殺して、気まぐれで拾ったあのチビガキがさぁ？

結婚するだのなんだの。かと思えば、なんだか、まるで世界の命運でも背負っているような顔で真剣に悩んでいるだの。それがなんだかおかしくって、ついな」

「……ちっ……うるせえ、バカ」

グレンがバツが悪そうに顔を赤らめ、拗《す》ねたようにそっぽを向く。

すると、セリカはそんなグレンの肩に、ぽんと手を乗せる。

「ぶっちゃけ、お前が一体、何に悩んでいるのか、私にはサッパリわからん。

だが、ことここに至って、そんな悩みが出てくるということは……きっと、お前はそれに匹敵する何かを背負ってる……違うか？」

「…………」

「結論を言えば、私はお前が幸せであれば、それでいいよ。

他の何を犠牲にしても構わないさ。たとえエゴでも、お前が幸せならば、私は別にそれでいい。母親なら……誰だってそう言うさ」

そう言って、セリカはグレンへ微笑《ほほえ》みかけた。

グレンに反応はない。むしろ、より深く沈思し、葛藤しているだけだ。

だが、そんなグレンへ、セリカはわかっていたとばかりに続ける。

「だけど、お前が私から聞きたい言葉は、多分……そうじゃないんだよな?」

「……なんで……そう思う?」

あっさりそう言って、セリカは空を見上げ、足をブラブラさせ始めた。

「母親だからな」

「あーあ。お前が今の私の言葉に、素直に頷《うなず》くようなやつだったらなぁー……まぁ、そんなやつが〝正義の魔法使い〟なんて、アホな道、選ばないよな。

お前にとっての〝正義の魔法使い〟の原初は……私だっけ? 確か、いつかどっかでそう聞いた気がするんだが……ははは、私も随分と罪深いことしちまったもんだ」

「……セリカ……そうだな。俺は〝正義の魔法使い〟に憧れて……ずっと、お前みたいな魔法使いになりたかったんだ」

そう。セリカという魔術師は、グレンという存在の初心、根源、原点――原初。

だからこそ、グレンはセリカに会わなければならなかったのだ。

するとと、セリカはグレンが見ている前で、立ち上がる。

「母親としての言葉を求められてないなら……私がかけてやれる言葉は、後はもう一つしかない。それは魔術師としての……お前の魔術の師匠としての言葉だ」

グレンの前に立ち、真っ直《ます》ぐに向き直って。

そして、セリカは真摯な顔で、厳かにこう告げるのであった。

「〝何か成す者とは、歩み続ける愚者である。成せぬ者とは、歩みを止めた賢者である〟」

「……ッ！」

その瞬間、今まで反応がいまいちだったグレンの目が、僅かに見開かれる。

「ふ……どうやら正解のようだな」

だが、少しだけ寂しげに、セリカは口元を歪《ゆが》めていた。

「そうだよ。何か昔、どっかで誰かに、第七階梯《セプテンデ》っぽいこと言ってと頼まれた時、面倒臭かったから、その場のノリと勢いで適当にソレっぽいことを言ってやったら、なんか近代魔導史の教科書にまで載っちまった……私の黒歴史《ことば》だよ」

「……それは……知りたくなかったな……」

「だが……限りなく、この世界の、そして人間の真理だとも思っている」

そう言って、セリカは再び空を見上げた。

「人の前には、数えきれないほどの道と選択があり、どれを選んでも結局、後悔する……やっぱ別の道を歩けば良かったなって……人はそんな風にできている。

おまけに選択を放棄すれば、それ自体を後で悩み苦しんじまうクソ仕様だよ。

だからこそ、だ。

大事なのは……本音だろ？　それを選ぶ自分に納得いくか、いかないかだろ？」

「………………」

「そして……最後に一つ。

やっぱり、師匠としてだけじゃなく……母親としての言葉を付け加えさせてくれ。

お前がどんな選択をしようが……私はお前の味方だ」

「……！」

「このまま、意地を張って突き進んでもいい。

甘ったれて退いても、自分の幸福を優先してもいい。

他の誰がなんと言おうが……私はお前を認めるし、肯定するし、一番の味方だ。

「……母親とはそういうもんだろ？」

そんなセリカのどこまでも優しい言葉に。

しばらくの間、グレンは言葉を詰まらせて。

やがて。


「ありがとうな、セリカ……

本当に、俺……お前に会えて良かった……色んな意味でさ」

グレンは目元にほんの少し涙を滲《にじ》ませ、絞り出すようにそう呟くのであった。

セリカの言葉自体は、特に目新しいものではない。

これまでに、グレンも悩める誰かに言ったことがあるような気がする……そんな使い古された言葉だ。

だが、それを自分へ向かって誰かに言ってもらえることが、こんなにも心に響くとは。

こんなにも心強く、そして嬉《うれ》しいと思えることだとは。

そして、何か得心したようなグレンの様子に安心したのか。

「……さて」

セリカはくるりと踵《きびす》を返《かえ》し、懐《ふところ》からマッチ棒のような小枝を取り出す。

何か呪文を呟きながらそれを一振りすると——一瞬で大きくなり、一本の箒《ほうき》となった。

新しい飛行魔導器だ。

そして、それを放ると、箒は空中で横になってふわりと浮遊する。

セリカはその浮いている箒に横座りした。

「私は帰るか」

「……おいおい、行くのかよ？　これから一人息子の一世一代の大舞台なんだぞ？」

「フン！　お前が余所《よそ》の女のものになる瞬間なんて、見たくないね！」

呆れて苦笑いするグレンに、んべーっと舌を出してみせるセリカ。

「……ぷっ」

「ふっ」

もう、すっかりいつも通りの母子《おやこ》のやり取りだった。

からからと笑い合いながら。

セリカが箒に乗って、そのままゆっくりと空へ浮上していく。

そして——

「グレン」

「なんだよ？」

「……頑張れよ」

「ああ」

そんなやり取りを最後に。

セリカはもの凄《すご》い速度で空の彼方《かなた》まで飛翔《ひしょう》し、すぐに見えなくなるのであった。


────。


セリカと別れた後、グレンが親類縁者の待合室へ戻ってくると。

「ちょっと！　遅いじゃないですか、先生！」

シスがぷりぷりしながら、グレンへ猛然と詰め寄ってくる。

「な、なんだなんだ⁉」

「もう！　先ほど、ようやくセラ姉様の花嫁衣装の着付けが終わったところなんですってば！　ほら、早く見てあげてくださいって！」

「……えっ？」

シスが部屋の一角を指さす。

反射的にグレンがその指の先を目で追うと。

そこには――

「……グレン君」

そこには――まるで、夢のような光景が広がっていた。

純白の花嫁衣装に身を包んだセラが、俯《うつむ》きがちに佇《たたず》んでいる。

南原のアルディアは、大陸の東西南北の多様な文化が入り交じる地域。

そんな南原の花嫁衣装は、アルザーノ帝国など西側諸国で見られるような、ふわりと大きく広がるフレアスカートや美しいレースを多用するウェディングドレスのようであり、かつ東側諸国で見られる白無垢《しろむく》のようでもある。

そんなどこか不思議な雰囲気のドレスには、繊細かつ多様な色使いで、南原特有の煌《きら》びやかな刺繍《ししゅう》紋様がたくさん施されている。

ドレス全体としては、眩《まばゆ》いばかりの白を基調としているが、その煌びやかな刺繍が芸術的なアクセントとなって、虹のような幻想的な雰囲気を演出している。

ゆるりと頭に被《かぶ》るはやはり刺繍の施されたヴェール。

セラという娘の人生最高の日に、極限まで高めた天上の美が、そこにはあった。

「……どうかな？　今の私……」

「綺麗《きれい》だ……」

はにかむようなセラに、グレンもいつもの皮肉や軽口はない。

ただただ、呆然《ぼうぜん》とした顔で、素直で捻《ひね》りのない賛辞を零《こぼ》すしかなかった。

「ふふっ、本当に綺麗よ、セラ」

恐らくセラの花嫁衣装を全身全霊で用意しただろう母サーラも、娘の晴れ姿に少し涙ぐみながらも微笑んでいた。

「ねぇ、グレン君……私、今日という日を貴方《あなた》と迎えることができて、本当に幸せ……」

「セラ……」

見つめ合う二人。

「なんだか……私達の時を思い出すわね、貴方……」

「ああ……いつかこういう時がくるとは思っていたけど、早いものだねぇ……」

そんな二人を前に、シラスとサーラが穏やかに微笑んで。

「ねぇ、グレン先生！　セラ姉様のこと、絶対一生護《まも》りなさいよ⁉　セラ姉様のこと、絶対に手放さないで！　もし、手放したら、私、許さないんだからね⁉」

シスが涙ぐみながら、グレンへ素直じゃない祝辞を贈る。

「…………ああ」

グレンは、そんなシスへ曖昧に頷《うなず》くのであった。


────。


やがて、婚礼の儀の準備が全て調う。

集まった大勢の人々に見送られて、グレンとセラの二人はとある場所へ通される。

それは──宮殿敷地《しきち》内にある寺院だ。

王族の結婚式は、代々この場所で行われるのが習わしだった。

寺院内──ドーム状の祭事場で、その婚礼の儀は厳かに執り行われる。

実際にその儀式に立ち会えるのは、限られた人だけだ。

祭事を取り仕切る、風の神に仕える神官長。

結婚する両名の親族達。

そして、結婚する当事者の二人。

これだけだ。王族の婚姻の儀礼だというのに、参列者が限定的なのは、血の繋《つな》がりを極端に大事にする南原ならではの文化と言えるだろう。

その代わり、披露宴は都市を挙げて盛大に行われるようである。

「それでは、これより。

シルヴァースの姫にて《風の戦巫女《いくさみこ》》、セラ。

アルフォネアの倅《せがれ》、グレン。

両名の婚礼の儀を執り行います」

重厚な着物姿の神官が、儀式を始めた。

まずは、セラが《風の戦巫女》の位を返上するところからだ。

セラが風の神の像の前で跪《ひざまず》き、祈りを捧《ささ》げる。

神官が呪文を唱え、箒羽飾りでセラの頭を労《いたわ》るように撫《な》でる。

しばらく、長々と呪文が流れ、やがて、セラの足下に何らかの魔術法陣が浮かび……やがて、それが光の粒子と昇華し、消えていく。

今、セラと神の契約が切れたのだ。

そして、セラは《風の鳩琴《オカリナ》》を祭壇へ返却して。

これで、セラの《風の戦巫女》としての役割は、終わりを告げる。

「…………」

グレンは、セラが神の加護を失い、普通の人に戻る様子をじっと見つめていた。

やがて、グレンの隣の席にセラが戻ると、今度は通常通り婚礼の儀式が始まった。

神官が羽飾りを振りながら、神像の前で長々と祈祷《きとう》を始める。

その最中、セラが隣のグレンの方を向き、声を潜めて話しかける。

「……ついに、だね……」

「…………」

「なんだか、本当に夢みたい。幸せすぎて、私、溶けそうだよ」

「…………」

「私達、ずっと一緒にいようね……素敵な夫婦になろうね。子供もたくさん作って……素敵な家族になろうね……」

「…………」

グレンは……無言だった。

「……グレン君……？」

少し様子の変なグレンを不思議に思い、セラが小首を傾《かし》げる。

そうこうしているうちに。

「双方、前へ」

神官が、グレンとセラへ祭壇の前へ出るように促す。

手を繋いで、二人は前へ出る。

すると、神官は祝詞《のりと》を唱えながら、グレンとセラの頭に清めの米を振りかけていく。

グレンとセラも互いに、ほんの少しだけ米をかけ合う。

そして、一つの銀の杯が取り出され、そこに神酒が注がれ、その一つの杯で、グレンとセラが酌《く》み交《か》わす。

そんな儀式次第の最後に。

神官が、《ナーコト》と呼ばれる、風の神の聖典を取り出した。

その聖典に二人で手を当て、順番に婚姻の誓いを立てれば、儀式は成立する。

二人は——晴れて夫婦となるのだ。

「花嫁と新郎、貴方達はここに、神の前で結婚の宣誓をすることで結ばれるでしょう。

結婚は二人の魂を結びつけ、新しい家族を作る特別な瞬間。互いに愛し合い、尊重し合い、支え合い、幸福に共に歩んでいくことを誓いますか？

汝《なんじ》、風の民、シルヴァースの一族の姫、セラ——貴方は、グレン＝レーダスを夫とし、生涯をかけて愛し合い、共に歩むことを誓いますか？」

「はい、誓います。風の神の名において」

「よろしい」

次に、神官はグレンへと向き直る。

「花嫁と新郎、貴方達はここに、神の前で結婚の宣誓をすることで結ばれるでしょう。結婚は二人の魂を結びつけ、新しい家族を作る特別な瞬間。互いに愛し合い、尊重し合い、支え合い、幸福に共に歩んでいくことを誓いますか？

汝、北の盟友の民、グレン——貴方は、セラ＝シルヴァースを妻とし、生涯をかけて愛し合い、共に歩むことを誓いますか？」

すると。

「…………………」

グレンは……やはり無言だった。

「……グレン……君……？」

セラが不思議そうに隣のグレンの横顔を見つめて。

グレンの様子のおかしさに、シラスやサーラ、シス……シルヴァースの親族も一体、何事かと訝《いぶか》しく思い始めた、その時。

グレンが、ぼそりと呟《つぶや》いた。

「……ああ。多分、ここ、なんだろうな」

そんなグレンの目尻には……涙が浮かんでいた。

「わかっちまった。魂が……そう理解しちまった」

「……え？　……え？　な、何が……？」

「この世界に、たった一つだけ存在する分岐路……唯一の帰還点ってやつさ」

不安げに狼狽《うろた》えるセラへ、グレンが淡々と呟く。

「俺、本当はさ……最初から、ずっとわかってたんだよ。

この世界は……おかしいって。あり得ないって。

多分、今、ここで誓えば……俺はその全ての違和感を忘れて、永遠にこの世界で生きていくことができるんだろうな……理屈抜きにそんな気がするぜ。でもな……」

と、その時。

コホン、と神官が一つ咳払《せきばら》いする。

そして、再度グレンへ告げた。

「汝、北の盟友の民、グレン――貴方は、セラ゠シルヴァースを妻とし、生涯をかけて愛し合い、共に歩むことを誓いますか？」

そんな神官の言葉に。

グレンは全身を震わせながら、涙を流しながら、喉奥から絞り出すように……やっとのことで……こう叫ぶのであった。

「……悪《わり》ぃ、セラ……俺は……誓えないんだ……ッ！

帰らなきゃ……いけねえんだ……ッ！

ごめん……本当に……本当にごめんな……ッ！」

その瞬間だった。

ぴしり。

まるで、この世界そのものに亀裂が入るような音と共に。

瞬時に、この世界の全てが色を失って、モノクローム　に染まった。

シラスも、サーラも、シスも、神官も。

外で二人を祝福し、大騒ぎしている市民達も。各氏族の族長達も。

常に穏やかに吹き流れていた風も。白い雲も。抜けるような青い空も。

まるで時間が止まったかのように……固まっていた。

そんな偽りの世界で、色を失わずに取り残されているのは……グレンとセラの二人だけであった。

「ねぇ、グレン君……まだ、遅くないよ？」

セラがどこか哀《かな》しそうに、切なそうに隣のグレンの手を取った。

「今からでも……グレン君が誓ってくれるなら……私達……ずっと一緒に、幸せに生きていけるよ……この泡沫の夢の世界で……」

「……セラ……俺は……」

グレンがそっとその手を振りほどこうとするが。

セラは、そんなグレンを捕まえるように手を握り直し、放さない。

「……お願い、グレン君……」

「セラ……ッ！」

「お願い……ッ！」

俯《うつむ》いて震えるセラの頬を、いくつも涙が伝い落ち、床を小さく叩《たた》いた。

だけど。

グレンは――……

「俺は――俺は立ち止まらない。歩み続ける」

ぴきり。

世界に亀裂が入っていく。

ぴきり。ぴきり。ぴき、ぴき、ぴき……

この世界の空間に、まるで硝子《ガラス》のように、ひびが次々と入っていって。

やがて。

がっしゃああああああああああああああんっ！

盛大な音を立てて、世界そのものが割れ砕け、同時に凄《すさ》まじい風が、グレンとセラの間を吹き抜けていき……幸せな夢の破片が、どこか遠い彼方《かなた》へ流されていく。

ふと、グレンが気付けば。
もうグレンはすでに、新郎の晴れ姿ではない。
いつものシャツ、いつものタイ、いつものスラックス。
そして、この世界線では決して手に入らないはずのボロのマント。
元の姿に戻っていた。
そして、冷たい風が吹き抜ける辺りを見回せば——

そこは、廃墟《はいきょ》だった。

徹底的に叩き壊《こわ》されたシルヴァニア宮殿。
徹底的に破壊され、焼き払われたアルリディアの都市。
夕暮れの黄昏《たそがれ》に燃える廃墟。誰もいない、寂しい廃都。
なんということはない。
ここが——今の南原のアルディアの、本当の姿だからだ。
それは、とても……とても寂しく、哀しい光景だった。
「夢……覚めちゃったね」

セラが吹《ふ》き荒《すさ》ぶ風に嬲《なぶ》られる髪を押さえながら、グレンの隣に並び、そう呟いた。

セラの姿も、すでにあの夢みたいに美しい花嫁衣装じゃない。

いつも通りの、特務分室の魔導士礼服姿だ。

「お父様とお母様は……民を守るために最後まで、レザリア王国軍と戦い続けて誇り高き戦死を遂げられたの。シスは……私を庇《かば》って死んじゃった……私を逃がすために……私、お姉ちゃんだったのに……何もできなかった……」

「…………」

「そして、私は……皆《みんな》を見捨てて、命からがら南原を抜け出して……帝国に亡命して……祖国復興のため、帝国軍に入って……グレン君や皆と出会って……

一緒に戦って……戦って……それで……志半ばで……私、死んじゃったんだよね……

それが……本当の世界線。最早《もはや》、動かしようのない現実」

「…………」

「私もね……わかってたんだ。これが夢だって。

でも、グレン君との時間があまりにも幸せだから……この夢が現実で、あの現実が夢なんだって……思いたかった」

「俺もだよ……」

そう。これは夢だから。

だから、セラがいるし……セリカもいる。

グレンの弱さが作った夢——それがこの都合が良すぎる世界の正体だったのだ。

「あはは……幸せな夢だったな……本当に幸せな……」

セラが遠い目で周囲を見渡す。

「ああ、アルディア……私の大好きな故郷……本当に滅んじゃったんだ……あぁ……ぐすっ……ひっく……グレン君と……グレン君と一緒に生きたかったよぅ……」

「俺もだ……ッ！　お前と一緒に生きたかった……ッ！」

泣きじゃくるセラ。

グレンも手の甲で溢《あふ》れる涙を拭って、セラへ背を向ける。

ばさり、と翻《ひるがえ》るボロのマント。血が滴《したた》るほど固く握りしめられた拳。

「……いくらでも、俺を恨んでくれ……」

でも……俺は、行かねえと……俺を待っているやつらがいるんだ……

俺が歩き続けた現実という物語の世界の中で、俺はやらなきゃいけないことが……まだ
まだ、あるんだ……ッ！　俺はお前と一緒に行くわけにはいかないんだ……ッ！」

どんな罵倒でも甘んじて受け入れる。

たとえ、背中から刺されて、殺されても構わない。

そんな覚悟で、グレンがそう声を絞り出すように告げると。

「……ごめんね」

セラは、そんなグレンを背中から優しく抱きしめていた。

「貴方《あなた》が、今までこの夢から目覚めなかったのは……多分、私が強くそう願ったから。私がグレン君をこの夢に縛り付けていた。これは……私の未練なの」

セラは《風の戦巫女《いくさみこ》》。

外宇宙の邪神、イターカに仕える神官、つまり……さすがに〝天〟とまではいかないが、その領域に限定的に到達しているとも言える。

ゆえに、意思の力が物を言う夢の世界では、そういうこともあるのかもしれない。

だから、グレンとの結婚の際に、《風の戦巫女》を辞したことで……夢のパワーバランスが崩れた。この夢に決定的な綻びが生まれた。

グレンに〝夢から目覚める〟という選択肢《せんたく》ができたのだ。

「絶対、グレン君なら、もっと早く夢から目覚めることができたと思う……でも、私のわがままで……グレン君を苦しめちゃった……謝るのは……私の方だよ……」

「ちげえよ。これは夢だ。夢なら何でもありだ。

自分に都合の良い希望を願うなんて当たり前だ。

俺が甘ったれてねえで、もっと早く気付くべきだった。他に何か手を打つべきだった。

俺の方こそ、お前に変な夢と希望を持たせて、辛《つら》い思いをさせちまった……

だって……お前は、最初からこれが全部夢だって……ちゃんと、俺に教えてくれていたんだからよ……ッ！」

グレンが懐《ふところ》から何かを取り出す。

それは……封筒だった。

アルリディアへの道中、自分の荷物の底から見つけた、身に覚えのない封筒。

「……あの分岐路と帰還点の忠告文……お前、だったんだろ？」

「えへへ……バレちゃった……」

セラが泣きながら微笑《ほほえ》む。

「私ってズルいよね……グレン君と一緒にずっとこの夢を見たくて……だから、この夢にグレン君を閉じ込めようとしていたのに……

でも、やっぱり罪悪感があって……グレン君の邪魔をしちゃいけないと思って……だから、あんなことしちゃった……余計にグレン君を苦しめちゃった……

中途半端《ちゅうとはんぱ》だよね、私って……本当に、バカ……」

「違《ちげ》ぇよ！　違うんだ、セラ！　本当に、お前は何一つ悪くねぇんだ！

全部、俺だ！　俺が悪いんだ！　いつだって、俺はそうなんだ！

守るとか大口叩いておきながら、あの時は、お前を守れず……そして、今も、俺は……

お前を、こうして見捨てようとしてんだから……ッ！

本当に……ッ！　どうして！　どうして、俺は……ッ！

なんでだよ……どうして、俺はいつもいつもこんなしょうもない……ッ！　どうしようもないカスみたいな男なんだよ……ッ！　くそぉ……くそぉ……ッ！」

すると。

セラは、涙を流すグレンを、より強く抱きしめる。

「……違うよ、グレン君。

確かに、私……この身が張り裂けそうなほど哀しいけど……同時にすごく安心してるの
……やっぱり、グレン君は、私の大好きなグレン君のままだったんだなぁって」

「買い被《かぶ》りだ……お前だけじゃない……皆、皆、俺を買いかぶってるよ……」

グレンが頭を振った。

「確かに、俺はいつだって、デカい口を叩いてきたさ。

自分が正しいと思える道を、ノリと勢いだけで突っ走ってきたさ。

でもな……本当は怖いんだ。前へ進むのが」

「…………」

「また、お前みたいに……誰かを失うのが、とても怖い。

マジになって、夢を見て、破れるのが、とても辛い。

実際、俺は、こないだセリカを失って……立場が立場なだけに……俺はそれを乗り越えたような……吹っきったような風を無理矢理装《よそお》っていたけどよ……

泣き叫んでちゃ、セリカに顔向けできねえって、自分を叱咤《しった》してたけどよ……

もう、正直、限界だよ……俺……本当はもうボロボロなんだよ……」

「…………」

「だから……世界の命運なんて背負わされても……実は、心のどこかでマジじゃねえんだ

……どうしても……マジになれないんだよ……

本気で向き合って、全部失うのが怖くて怖くて仕方ねえんだ……だって、本気じゃなかったら、駄目だった時、まだ言い訳つくだろ……？」

「…………」

「システィーナ、ルミア、リィエル。あいつらは皆、本気だ。

アルベルト、イヴ、女王陛下……皆、本気だ。

そして、今、世界中の皆が本気だ。

ジャティスやフェロード……反吐《へど》が出るような敵の連中ですら、本気だった。

こうして本気で自分の道を歩む、真に強いやつらを見ていると……俺は……」

すると。

セラが、グレンの耳元で囁《ささや》くようにこう言った。

「大丈夫。グレン君も……いつだって本気だったよ。

今はちょっと、心が疲れているだけ。だからちょっと弱気になってるだけ」

「なんで……お前にそんなことがわかるんだよ……？」

「だって、私が好きになった人だもん」

「……ッ！」

はっと固まるグレンへ、セラが続ける。

「私、こう見えて、殿方を見る目、あるんだよ？　口先ばかりで、物事に対して本気にならない人なんか……絶対に好きにならないよ？

実際、この世界でも、私……改めてグレン君に惚《ほ》れ直しちゃったし……えへへ……

こうしている今も……貴方のことが、愛《いと》しくて愛しくてたまらない」

「……セ、ラ……」

「ねぇ、グレン君……私……どうしても、貴方に伝えたかったことがあるの……」

セラが、そっとグレンの前に回る。

グレンへ向かって、穏やかに、優しく微笑みかけてきて。

そして、真《ま》っ直《す》ぐグレンを見つめ、囁くように言った——


「〝どうか……夢を追う歩みを止めないで〟」


瞬間、グレンの身体《からだ》に、まるで電流のような感覚が走った。

直感したのだ。

それはきっと、もう永遠に知る機会はないと思っていた、セラの最後の言葉。

失われてしまった《Lost》、最後《last》の、言葉《word》だということを——

「やっと伝えられた……私、あの死の間際《まぎわ》、とても心配だったの……グレン君が私のせいで、もう夢を追うことをやめてしまうんじゃないかって……」

「…………」

「ねぇ、グレン君。夢はただ……見続けるだけでいいの。叶《かな》わなくたっていいの。ただ、夢に向かって歩み続けるだけで、いい。

途中で夢の形を変えたって、全然構わないの。新しい夢を見つけてもいいの。

時に疲れたら、休んだって、いいの。

ただ……夢を追うことそのものを止めたら……歩むこと自体を止めたらダメだよ。

だって、私が大好きになったのは……そうやって、ずっと夢を追って歩み続ける貴方の後ろ姿なんだから」

「…………」

「それにね、そもそも夢を叶えるなんて、大したことじゃないんだよ？

だって……そうやって、夢へ向かって歩み続けている限り……貴方は、とっくの昔に、最初から〝正義の魔法使い〟だったんだから……」

そんなセラの言葉に。

「そっか……」

グレンは穏やかに微笑んでいた。

「そうだよな……ただ、歩み続けるだけでいいんだよな……

人は生まれながらに、皆、どこかに向かって、それぞれ歩き続けてる……

別に、それは特別なことじゃない……誰もができる、やってる当たり前のことだ。

でも、ただそれだけで、歩み続けるだけで……この世界の全ての人間は等しく〝特別な存在〟になれるんだ……難しく考える必要なんて、何もなかったんだよな……」

そう言って。

グレンは……ゆっくりと歩き始めた。

セラの隣を過ぎ、遠き地平の果てに向かって、歩き始める。

見れば、グレンが向かう先に——光があった。

まるで夜明けの黎明《れいめい》のような、眩《まばゆ》い光だった。

光は徐々に強くなっていき……黄昏《たそがれ》を払い、辺りを明るく照らしていく。

この泡沫《うたかた》の夢の世界の全てが、光の中へ溶けていく——……

「……ありがとうな、セラ。俺は、もう大丈夫だ」

「さようなら、グレン君。私の大好きな人」

セラは、そんなグレンを追わない。

ただ、涙を流しながらも微笑んで、振り返らないグレンの背中を、じっと見送るだけだった。

グレンが歩く。

歩く。果てにある光を目指して、歩いていく。

振り返らない、立ち止まらない。離れていく二人の距離。

歩み続けるグレンの姿が、どんどんと光の中へ溶けて消えていく……そんな時だった。

「グレン君……ッ！」

最後に、セラが堪《こら》えきれないように叫んでいた。

そして、それでも決して振り返らないグレンの背中へ言った。

「ねぇ、グレン君……もしも……もしも、だよ？

もしも、私達がいつか、どこかで生まれ変わって……また、出会えたら……ッ！

その時は――……」

そんなセラの言葉に。

「ああ。その時は――今度こそ――」

静かに、でも力強く。グレンはそう答えた。

そんなグレンの言葉に。

最後に、セラは涙に濡《ぬ》れていても、とびきり美しい花のような笑みを浮かべて。

そのまま──その存在が、夢か幻のように、ゆっくりと薄れていって……光の中へ消えていくのであった。


「…………」


そして、グレンは歩き続ける。

光の先を目指して、歩き続ける。

全てが白く、白く染まっていき……

そして──……

# 最終章　THE FOOL HERO

——それは、唐突だった。


「はぁー……はぁー……ぜぇー……ぜぇー……」

「けほっ……こほっ……」

「……う……う……」


まるで永遠に思われるほどの長い時間、システィーナ、ルミア、リィエルが、ジャティスと死闘を繰り広げ続けて。

戦いの中で、自身の限界を超えて成長し、さらに魔術師として昇華して。

なお、それでもジャティスという圧倒的な存在を前に、為《な》す術《すべ》はなく。

その攻勢を辛《かろ》うじて紙一重で捌《さば》き続けるしかなくて。

あまりにも絶望。

あまりにも強大。

さすがに、もうこれ以上は無理。

三人の少女達の心が、今にも折れそうな……それは、まさにそんな時だった。

カッ！

突然、今までずっと沈黙を保ち続けていた、グレンを内包する巨大結晶体が、何の前触れもなく、光を放ち始めたのだ。

「「「!?」」」

システィーナも。ルミアも。リィエルも。

ナムルスも。敵であるジャティスすらも。

その瞬間、自分達が世界の命運をかけた戦いをしているという事実を忘れ、弾《はじ》かれたようにその結晶体を振り返り、凝視する。

〝……まさか？〟

少女達の、そんな期待を裏切ることなく。

びしり、と結晶体に、大きなヒビが入って。

がっしゃあああああああああああん！

次の瞬間、結晶体は粉々に割れ砕け、その破片が四方八方に飛散していく。

そして──

「…………」

その場に何事もなく佇《たたず》んでいたグレンが……静かに閉じていた目を、ゆっくりと開くのであった。

「せ、先生ッ！」

「……先生……ッ！」

「グレン！」

「……主様《マスター》……ッ！」

システィーナが、ルミアが、リィエルが、ナムルスが、驚愕《きょうがく》と歓喜の表情で叫ぶ。

そして、すぐさま、グレンの下へ飛んで駆けつけようとする。

「お、遅いじゃないですか！　遅刻ですよ⁉　遅刻！」

「信じてました、きっと戻ってきてくれるって！」

「ん！　待ってた！」

「まったく、いつまで待たせるのよ、貴方《あなた》って人は……ッ！」

が。

「グレェエエエエエエエエエン！」

そんな少女達を余裕で追い越して、グレンの下へ飛んで駆けつける者がいた。

ジャティスである。

「ははは、はははははははははははははははは――ッ！

そうだよね⁉　そうだよなぁ⁉　それでこそ君だよなぁ⁉

君がこんなところで終わるわけないよなぁ⁉

僕の計算によれば、君が帰ってくる確率は――限りなくゼロに近かったけど！

だけど、君は相変わらず、僕のそんな机上の計算をあっさり覆《くつがえ》してくれる！　やっぱり、君だ！　君だけなんだ！　君だけは……僕が倒さなければならないんだッ！　君こそが僕が超えるべき、最高の、最大の、最強の運命の壁なんだよッ！　ははははははははははははははははははははははは——ッ！」

少女達の誰よりも歓喜の表情で。

少女達の誰よりも速く。

ジャティスがグレンの下へと向かう。

その左手の神鉄《アダマンタイト》の剣に壮絶な魔力を漲《みなぎ》らせ、グレンへ向けて突き出し、光の速度で一直線に突進していく。

グレンは、そんなジャティスの姿を見据えて。

「ぁあああああああーッ！　ジャティス、ウゼェエエエエエエエエエッ⁉」

心底嫌そうに叫び、無詠唱で黒魔《くろま》【イクスティンクション・レイ】をぶっ放す。

グレンの左手から、壮絶な光の衝撃波が放たれ——

ジャティスの剣と真っ向からぶつかり、その余波と衝撃が周囲の空間へ拡散していく。

「ははははははははははははははははははは——ッ！」

相変わらずノーダメージだが、さすがにその壮絶な衝撃で、ジャティスは後方へ大きく吹き飛ばされていく。それでも、その歓喜の表情は微塵《みじん》も崩れない。

「ったくよ……」

そんなジャティスを遠くに流し見て、グレンが心底嫌そうに舌打ちしていると。

ようやく、グレンの周囲にシスティーナ、ルミア、リィエル、ナムルスが駆けつけた。

「なんか……すっごいムカつく……なんか……すっごい負けた気分……」

システィーナが、ジト目でグレンの右隣に並ぶ。

「でも……先生……本当に良かった……帰ってきてくれて良かった……」

「ん。良かった」

ルミアが心底安堵《あんど》したように涙ぐんで、リィエルはいつも通り無表情で、でも、口元にどこか嬉《うれ》しさを滲《にじ》ませて、グレンの左隣に並ぶ。

「……心配させないでよ……女をこんなに心配させるなんて、このロクでなし……」

一方、妖精サイズのナムルスは仏頂面《ぶっちょうづら》の涙目だ。それでも、そこが定位置とばかりにグレンの右肩に舞い降り、ちょこんと腰掛ける。

グレンは、そんな少女達を順番に見回していって。

やがて、口元を微《かす》かに歪《ゆが》ませた。

「……悪いな。心配かけた。でも……もう、大丈夫だ」

「せ、先生……？」

システィーナが思わず目を瞬《しばたた》かせる。

何かグレンの雰囲気が違うのだ。どこまでも、何か清々《すがすが》しいのだ。

まるで草原を遠くどこまでも吹き流れる一陣の風のような。

見た目はグレンなのに。中身も間違いなくグレンなのに。

でも、何かが、どこかが、グレンは変わっていた。

まるで長きにわたる修行の果てに、悟りを開いた賢者であるかのように。

「ありがとうな、お前ら」

「え？」

「お前らのことは……夢の中でずっと見ていた。

俺がこうして帰ってこられたのは……お前らが必死に戦っていたからだ。

戦うことで、俺に道を示し続けてくれていたからだ。
俺は教師で、お前らは教え子……だけど、俺がお前らに教えられたんだ。
もう大丈夫だ。俺は……今度こそ、本当に、もう迷わない」
そう言って、グレンがゆっくりと歩き始める。
無限に広がる宇宙空間のような場所を。
何もない虚空《こくう》の上を、ゆっくりと、しっかりと、歩き始める。
その先に、悠然と待ち構えるジャティスへ向かって。
やがて。

「……ジャティス」
「……なんだい？　グレン」

一同が見守る中、グレンとジャティスが再び正面から対峙《たいじ》した。
しばらくの間、二人は無言で睨《にら》み合《あ》っていた。
だが、二人は宿敵。不倶戴天《ふぐたいてん》の敵同士。
いつ、再び壮絶なる神域の殺し合いが再開されるか。

システィーナ達が、はらはらしながら二人を見守っていると。

意外にも、グレンの第一声は――

「……ありがとうな」

そんな感謝の言葉だった。

「……勘違いすんなよ？　俺はお前のことが大嫌いだし、反吐《へど》が出るし、今すぐにでもひねり潰してやりてえよ。セラの仇《かたき》だしな。

てめえが憎いってのは、俺の嘘《うそ》偽りねえ真実だ。今まで散々、舐《な》めくさった真似《まね》しくさったんだ。何があろうが、お前だけは絶対に許さねえ。

だがな。それでも……お前の仕掛けたあの夢のおかげで答えが見つかったのは……紛れもねえ事実だからな。それだけは礼を言っておく。本当にそれだけは、な」

「どうやら、とても良《い》い夢を見ていたようだね、グレン」

「ああ、随分とまぁ、つまんねえ夢を見てたよ」

ジャティスが肩を竦《すく》めて、意外なほど穏やかに微笑していた。

「この【輝ける偏四角多面体《トラペゾヘドロン》】で、君がどんな夢を見ていたのか、僕は知らない。

だが……なんとなく、想像はつくかな。

だって、今の君、なんだかとても良い顔をしてる」

「ほざけよ。これでも、お前をどうやってぶっ倒してやろうかって考えてる顔のつもりなんだがな」

「ははは、確かにそんな感じだね。怖い怖い。それでも……良い顔だ」

静かに闘志を燃やすグレンに対し、ジャティスはどこまでも余裕の表情で笑う。

否、これは余裕というより、期待だ。

「……で？　グレン。君は……本気を出してくれるのかい？」

「ああ。かったるいが……本気になってやるよ。

俺は——〝正義の魔法使い〟だ。昔も、今も、これからもな！」

何の気負いも、恥も外聞もなくそう宣言して。

グレンは胸ポケットから何かを取り出して、掲げた。

グレンの魔術師としての象徴——愚者のアルカナだ。

〝一人の旅人が、先導する子猫、傍《そば》を寄り添う子犬、肩にぶら下がる子リスと共に、世界を旅する〟……という、おなじみの構図のアルカナを掲げて。

グレンは、静かに呪文を唱え始めた。

そして、自分の内なるありのままを、そのまま呪文に、魔術に昇華する。
今、グレンの固有魔術《オリジナル》【愚者の世界】が生まれ変わる――……

「《我は今、真理へ到達する》」

「《されど、その解は深遠に非《あら》ず・普遍にて凡庸・遍《あまね》く全ての者がやがて悟り至る道》」

「《只《ただ》、歩み続ける事・此《これ》、是と為べし》」

「《然《しか》らば――我らは全て特別な存在へと至らん》」

「《我、その心の魂の不変を此処《ここ》に誓う》」

「――愚者【THE FOOL HERO《ジ・フール・ヒーロー》】！」

その瞬間だった。

アルカナを掲げるグレンを中心に、壮絶な魔力が上がった。

まるで超新星のような輝きが、その空間を果ての果てまで眩《まばゆ》く照らした。

「せ、先生⁉」

見ていたシスティーナが思わず叫ぶ。

見れば……グレンのアルカナの構図が変化していく。

一人の旅人が長い旅路の果てに、無限の宇宙のような背景の真ん中に聳《そび》え立《た》つ巨大な世界樹の麓へ到達し、それを見上げている……そんな構図に。

アルカナ・ナンバーは、0から21へ。

〝THE FOOL〟の文字が──〝THE WORLD Reached By THE FOOL〟へ。

そして際限なく膨れ上がる魔力と共に、グレンという存在が昇華していく。

グレンの左目が──真紅となる。

そして、その左目に奇妙な紋様が浮かぶ──『中央に目のような図形が配置された五芒《ごぼう》星《せい》』のような紋様が。

「俺は……ようやくわかったんだ。

〝正義の魔法使い〟なんて、大したもんじゃねえんだ……誰でもなれるんだ。

だからもう、俺は何の迷いも恥ずかしげも後ろめたさもなく、本気で宣言できる。

ゆえに……この〝天〟に至れた。

お前が、正義【ABSOLUTE JUSTICE《アブソリュート ジャスティス》】で、自分ルールを世界に強要するなら、俺は自分ルールを、俺自身に適用する。

愚者【THE FOOL HERO《ジ フール ヒーロー》】は……何も変わらない。

この世界に存在する理不尽に、俺は屈さない。

どこまでも歩み続けるため、いつか辿《たど》り着《つ》く目指す場所へ至るため、俺は俺の道を阻《はば》む、あらゆる理不尽に屈さない。

愚者【THE FOOL HERO《ジ フール ヒーロー》】は……何も変わらない！」

それはすなわち、ジャティスの強要してくるルールの否定。

あくまでグレンは、グレンのルールで、変わらずに前に進み続ける。

誰も、そんなグレンに、ルールで干渉することは最早《もはや》、叶《かな》わない。

グレンの魔術特性《パーソナリティ》『変化の停滞・停止』を究極の領域に昇華させた固有魔術《オリジナル》にて、グレンがついに開眼して至る自らの〝天〟。

グレンが歩み続けるための……変化のための不変。

究極の無効化魔術であった。

そして、そんな風にグレンが昇華していく姿を見て、システィーナは確信した。

（……互角！　今、先生は……ジャティスと同じ高みに立った！）

二人の〝天〟は似ている。

だが、まったく異なるものだ。

片や、自分自身の絶対ルールを世界に強要する〝天〟。

片や、自分自身に不変不朽のルールを誓う〝天〟。

その概念は、完全に矛盾し相反している。

つまり――相殺《そうさい》。

空天神秘が、時天神秘で相殺されるように。

【ABSOLUTE JUSTICE《アブソリュートジャスティス》】は【THE FOOL HERO《ジフールヒーロー》】で相殺される――より高い領域で。

もし、そんな両者がぶつかり合うなら――

（後は、もう単純に……力と力のぶつかり合い！　どちらが魔術師として上か……それだけが勝負を決するわ！）

決着がつく。

グレンが勝つか、ジャティスが勝つか。その行方はまだわからないが。

間違いなく、決着はつく。

この長年にわたる因縁の対決に、ついに終止符が打たれる時がやってくるのだ。

一方、ジャティスも昇華するグレンを見て、理解していた。

己の絶対的優位が、今、完全に崩れ去ったことを。

100%勝つはずの勝負の行方が、今、完全に計算不可能になった事実を。

「まぁ、君相手に、たかが100%なんて数字、まるでアテにならないんだけどね!」

だが、ジャティスは余裕を崩さない。

それどころか、今この瞬間をまるで待ち望んでいたと。

心の底から言祝《ことほ》いでいるような穏やかな表情で、グレンに言うのであった。

「それでこそ、君だ」

そして、両手を広げて、周囲の空間へ疑似霊素粒子《パラ・エテリオン》を巻いていく。

ありったけの天使を周囲に召喚し、並べていく――……

「今度こそ全身全霊だ。僕の全てをかけて君を滅ぼす。今、僕は君を超える」

「ほざけ。俺の全てをかけて、てめえだけはぶっ倒す」

そう返すと、グレンはまるでそうするのが自然だったように、決まっていたかのように
……腰に提げられていた刀を抜いた。

魔煌刃将がグレンに託した刀剣──《正しき刃《アール・カーン》》だ。

理由はわからない。今は、それを手にするのが当然だという感覚と確信があった。

それは本能のようなものだった。

そして、その当然に応えたかのように。

グレンの左の星の目が燃えるように輝き──《正しき刃《アール・カーン》》に魔力が走る。

その刀身に刻まれた文字〝我、神を斬獲せし者〟が、熱く真っ白に輝き始める──

（……不思議だな）

その刀剣は、今の今までまったく何の力の片鱗《へんりん》も感じなかった、ただ宇宙一頑丈なだけの剣だったのに。今は、もの凄《すご》い力を感じる。

魔煌刃将アール＝カーンの双魔刀──《魔術師殺し《ウィ・ザイヤ》》と《魂喰らい《ソ・ルート》》。

奇《く》しくも、グレンの固有魔術《オリジナル》【愚者の世界】と【愚者の一刺し《ペネトレイター》】、なぜかその二つと根本的な性質が似通っていたあの双魔刀の規格外の能力。

それらが、この《正しき刃《アール・カーン》》からさらなる強大な高みの領域となって感じられる。

この剣なら本気で神すらも、ぶった斬れそうだ。

いや、そもそも……だ。

（この剣……ひょっとしたら、俺の固有魔術《オリジナル》【愚者の世界】と【愚者の一刺し《ペネトレイター》】を極めて昇華させた果てにある、一つの到達点なんじゃないのか……？）

なぜか、そんなことを思った。

当然、そんなこと、到底ありうるはずがない。創出の時系列が完全に矛盾している。

だが、そう思えるくらい、この《正しき刃《アール・カーン》》はグレンの手に馴染《なじ》んだ。

柄が手に吸い付くようにしっくりくる。

むしろ、こうして持っている状態こそが自然のように感じられる。

もう、随分と長いこと共に戦い続けた、相棒のような……最初から自分のものだったような……そんな気分だった。

なぜ、この剣が、グレンの愚者【THE FOOL HERO《ジ　フール　ヒーロー》】の覚醒と共に、真の力を発揮し始めたか、まるでわからないが。

今は、ありがたい。遠慮なく振るうことにする。

「結局……何だったんだろうな、この剣は」

「いずれわかるんじゃないかな？　まぁ、僕との戦いに勝利すれば、の話だけど」

そう言って、ジャティスも左手を前に出す。

その神鉄《アダマンタイト》でできた腕が変化し――刃を創り出す。

その刀身に刻まれた文字〝我、神を斬獲せんと望む者〟が、熱く真っ赤に輝く――

「ジャティス。お前、その剣……」

「そうだね……名付けるなら《正すべき刃《アール・カイン》》、かな？　君がその剣を手にしたならば、僕も、長年かけて鍛え上げたこの剣の真の力を解放しなきゃと思ってね……」

そんなジャティスの言葉に、二人のやり取りを見守っていたシスティーナは唖然《あぜん》とするしかない。

（まだ、そんな力を隠していたの⁉　あいつは、どこまで……いえ、そんなことより……あんな力を今の今まで隠していたということは……ッ⁉）

答えは明解。待っていたのだ。

ジャティスは口では色々と言いながら、グレンを信じて待っていたのだ……システィーナ達と同じように。

速攻で終わらせたいなら、目的を果たすだけなら、最初からあの剣の真の力を使っていれば、システィーナ達は為《な》す術《すべ》もなく、なます斬りだったのだから。

（ジャティス……貴方《あなた》、どうして、そこまで先生に……？）

絶対に倒さねばならない世界の宿敵だというのに。

この時、システィーナはジャティスに、なぜか親近感を覚えるのであった。

そんな風に戸惑っていると、グレンが言った。

「システィーナ、ルミア、リィエル……行くぞ」

「！」

「……終わらせる。いいな？」

「は、はいっ！」

「わかりました！」

「……ん！」

グレンを中心に、システィーナ、ルミア、リィエルも、ジャティスに向かって構える。

「……来ると良《い》いさ！　今こそ、決着の時だ！」

ジャティスが両手を広げて、そんなグレン達を睥睨《へいげい》する。

こうして。

グレン達の最後の戦いが始まるのであった——

——。

「ジャティスゥウウウウウウ——ッ！」

「グレェエエエエエエエン！」

世界の果ての果てで。

グレンとジャティスが、ぶつかり合う。

互いに剣を振りかざし、至近距離で壮絶に切り結ぶ。

大上段から振り下ろされるグレンの剣。

振り上げられるジャティスの剣。

激突。超新星のような爆光と衝撃が、交錯した刃と刃の一点から発生し、宇宙の彼方《かなた》まで駆け抜ける――

「…………ッ！」

「…………ちぃっ……ッ！」

互いにその衝撃で大きく吹き飛ばされるも――即座に、光の速度で互いを目がけて翔《か》け抜け、再び剣を振るう。

今度はグレンが下方から弧を描くような軌道で、剣を振り上げ――

対し、ジャティスは遥《はる》か天空より、降り注ぐ稲妻のような軌道で、剣を振り下ろす。

激突。超新星。

再び、閃光《せんこう》と衝撃が、世界の果てを、空間を、次元を震わせる。

再び、二人は飛び離れ——縦横無尽にこの果ての世界を飛び回り、弧を描き、円を描き、急降下し、急上昇し、螺旋《らせん》を描いて追いすがり、突き放し、間合いを計って——

やがて——さらに激突。

壮絶に噛《か》み合《あ》う刃と刃。巻き起こる超新星爆発。

二人はまるで、夜空を自在に駆け流れる流星のようになって、幾度となくぶつかり合い、戦い続ける。

それはまさに神域の空中戦であった。

「……ジャティス……ッ！」

「グレン……ッ！」

両者、光の速度で互いの背後を取ろうと縦横無尽に駆け回り、何度も何度も切り結び続けていく——……

ことここに至って、この頂上決戦において。

最強の魔術師同士の最終決戦において。

皮肉にも、二人は魔術の業をほとんど使わなくなった。

時を操ることも、空間を操ることも、運命操作も、因果律操作も、過去改編も、未来予知も、銀河を砕く超絶的な破壊力も、邪神を召喚使役することも——なくなった。

意味がないから、だ。

グレンの【THE FOOL HERO《ジフールヒーロー》】。

そして、ジャティスの【ABSOLUTE JUSTICE《アブソリュートジャスティス》】。

二人が至った至高の〝天〟の前に、ありとあらゆる魔術や魔導は、もうすでに何の意味も成さない。

あらゆる神秘が、能力が、ただのルール外の小細工と成り下がる。

そして、互いに致命打を与えられる手段は——

グレンの《正しき刃《アール・カーン》》。

ジャティスの《正すべき刃《アール・カイン》》。

互いに長い旅路と葛藤の果てに手にした、自身の存在を象徴する剣のみ。

ゆえに、二人は剣で斬り結び続ける。

互いに夜空を駆け流れる一条の流星となって、縦横無尽に虚空《こくう》を駆け抜け——刃と刃を噛み合わせ続ける。

激突の度、巻き起こる超新星爆発。

最早《もはや》、二人は人の身でありながら、神の領域に到達していた。


超新星爆発。

超新星爆発。

超新星。超新星。超新星──上がり続けるこの世界そのものの悲鳴。


『互角……ッ！　今のところは互角だわ！』

天地開闢《てんちかいびゃく》のような二人の戦いを遠く見つめながら、ナムルスが呟《つぶや》いた。

『今、あの二人は遙か天空の高みの果て、そのまた果ての領域で互角……完全なる拮抗《きっこう》状態……羽毛の一枚で勝敗は傾く。なら、わかってるわね、皆《みんな》』

「ええ、わかってるわ」

ナムルスに応じ、システィーナが眼前を見上げる。

そこには──ジャティスの召喚した無数の天使軍団が、空を埋め尽くさんばかりにあった。その数、数千騎……否、数万騎──あるいは、もっと。

対峙《たいじ》する者を絶望させる、圧巻の密集陣形《ファランクス》。

「私達は、あの二人の戦いに何も干渉できないけど……それでも、あの天使達を食い止めることはできる！　先生の露払いくらいはできる！

あの天使達は、ジャティスの人工聖霊《タルパ》──彼の心の側面《ペルソナ》みたいなもの！

ジャティスの【ABSOLUTE JUSTICE】《アブソリュートジャスティス》の射程に入れば、先生に干渉できてしまう！

なんとしても、私達で全部叩《たた》き落《お》とさないと！」

「うん、やろう！　システィ！」

「ん！」

『一匹でも討ち漏らして、グレンの所へ到達されたら、即ゲームオーバー……正念場よ、貴女《あなた》達！　さぁ、行きなさい！』

次の瞬間。

システィーナ、ルミア、リィエルも流星と化して。

眼前で待ち構える天使達へ、真《ま》っ直《す》ぐ向かっていく。

「──《Iya, Ithaqua》ッ！」

「──力を貸して！　《私達の鍵》！」

「【絆の黎明・神域《ディブレーク・リンク》】——いいいいやぁあああああああ——ッ！」

次元と星間を超える、輝く大いなる風が。
時間と空間すらねじ曲げる黒孔《ブラックホール》が。
あらゆる概念と運命を斬り裂く眩《まばゆ》き銀色の斬撃が。
大群を上げて迫り来る天使達を、真っ向から吹き飛ばすのであった——

——。

——戦っている。
グレンとジャティスが。
システィーナ、ルミア、リィエルが。
世界の果ての果てで、ただひたすらに、激しく、戦っている。
身の毛のよだつような、恐るべき神秘を振るって。
ただ、神域の領域で、ひたすらに戦い続ける——……

「はぁああああああああああああ——ッ！」

システィーナの輝ける風が、天使達を吹き飛ばす。

「……まだ、まだぁ……ッ！」

ルミアの空間操作と時間操作が、生まれた次元の狭間《はざま》の先へ天使達を追放する。

「いいいいやぁあああああああああ——ッ！」

リィエルの振るう銀色の剣閃《けんせん》が、無数の天使達を斬り捨てる。

三者三様の恐るべき破壊力が、隊伍《たいご》を為《な》して、群れを為して、猛然と迫り来る天使達を受け止め、薙《な》ぎ払《はら》い、押し返していく。

〝天〟に至ったジャティスが召喚した天使達は、その一体一体が壮絶な力を持つ怪物である。下位クラスの外宇宙の邪神《アウター・ゴッド》、あるいは旧支配者《グレート・オールドワン》レベルに等しい。

だが、そんな天使達を、システィーナ達はたった三人で押し返していく——

しかし。

「……駄目……ッ！」

ルミアが鍵を振るいながら呻《うめ》いた。

「倒しても、倒してもキリがないよ……ッ！　押しきられそう……ッ！」

「……ん……ッ！　このままじゃ、グレンが……ッ！」

縦横無尽に銀の剣閃を振るうリィエルも、上下左右前後から襲いかかってくる天使達を片端から落としながら、呻くように言う。

その表情には、珍しく焦燥のようなものが浮かんでいる。

「く……ッ⁉」

システィーナも輝ける風で天使達を次元の彼方へ吹き飛ばしながら、歯がみする。

確かにキリがない。キリがあまりにもなさすぎる。

見れば……

「ははは、はははははは――ッ！」

光速の流星と化してグレンと戦い続けるジャティス。

そのグレンを追って飛翔《ひしょう》する軌道上に、何か光の霧のような輝きが発生しているのが見える。

ジャティスの疑似霊素粒子粉末《パラ・エテリオンパウダー》だ。

ジャティスはグレンと戦いながら、疑似霊素粒子粉末《パラ・エテリオンパウダー》を撒《ま》いているのだ。

それゆえに、この一帯の戦域は、常に疑似霊素粒子《パラ・エテリオン》で満たされており、システィーナ達が倒す片端から、天使達は虚空より再召喚され、顕現する。

即座にシスティーナ達への戦列に復帰してくるのである。

「あれが落としても落としてもキリがない理由ね……ッ！」

システィーナが悔しげに吐き捨てる。

『人工精霊《タルパ》召喚術……ッ！　疑似霊素粒子《パラ・エテリオン》を媒介に己《おの》が天使を生み出す……そんなものがいつまでも続くはずがないわ！』

今はグレンではなく、システィーナの肩に摑《つか》まっているナムルスが叫ぶ。

『時間を稼ぎなさい！　ジャティスの疑似霊素粒子《パラ・エテリオン》が尽きるのを待つのよ！』

「お言葉だけどね、それじゃ駄目よ、ナムルス！」

システィーナが、ナムルスの策を即座に否定する。

「あのジャティスの〝天〟に、そんな甘い抜け道あると思う⁉　そんなの、あの男的にはルール違反に決まってるわ！　事実上、敵の天使は無限よ！」

『くっ……だったら……グレンがジャティスを倒すまで、倒し続けるしかないっていうわけ……ッ⁉』

「ううん。きっと、それも厳しいでしょうね……」

システィーナが、ちらりとグレンとジャティスの戦いを見やる。


「グゥウウウウウウレェエエエエエンンンンン──ッ！」


見れば。

徐々に……徐々に、ジャティスがグレンを圧倒し始めている。

なぜなら、確かにこれはジャティスとグレンの一対一の戦いだが。

ジャティスの背後には、ぴたりと寄り添う女神がいる。

ジャティスの【ABSOLUTE JUSTICE《アブソリュートジャスティス》】の力、そのものたる女神が。


『──ッ！』

ジャティスと女神は一心同体。

女神は壮絶な斬撃をグレンへと落とす。

同時に、ジャティスも横薙ぎの一閃《いっせん》。

それは、あまりにも完璧に過ぎる連係攻撃。

十字を描く攻撃を、グレンは剣で受け止め、光の速さで遥《はる》か彼方《かなた》へ吹き飛ばされていく。

それをジャティスが哄笑《こうしょう》しながら、追《お》い縋《すが》って飛んでいく——

『……そうか、ジャティスにはあの女神がいる……ッ！』

「ジャティスの〝天〟で顕現したあの女神は、恐らく、内なる自分自身を天使の姿で召喚するマルアハ召喚術の、もっと高い領域にあるもの……ッ！

だから、事実上の二対一よ！　このままじゃ、先生は勝てない！　いくら私達が天使達を食い止めていても……いずれ先生はジャティスに押しきられるわ！」

システィーナが歯がみしながら前方を見る。

その光景は、まるで満天の星空のような数の天使。天使。天使。天使。天使。

天使、天使、天使、天使、天使、天使天使天使天使天使天使天使天使天使天使天使天使天使

天使天使天使天使天使——

前後上下左右をすっかり取り囲まれ、突破口なんて微塵《みじん》もない。

さらに悪いことに、天使達は現在進行形で数を増やしている——そんな状況だ。

システィーナ達も圧殺《あっさつ》されないこと、グレンの下へ通さないことだけで精一杯である。

「いいいいいやぁあああああ——ッ！」

「くぅうううう——ッ！」

リィエルも、ルミアも必死に戦っているが、天使の数は一向に減らない。

さらに、増える、増える、増える——……

このままじゃ、グレン達の戦いが決着する前に、自分達が全滅しかねない状況である。

『くっ……どうしたらいいのよ、どうしたら……ッ⁉』

ナムルスが焦燥も露《あら》わに頭を抱える。

『このままじゃ、グレンが！　ああ、私にかつてのような……外宇宙にある〝本体〟の力が発揮できれば……ッ！』

だが、どうしようもない。

今、この場にないものはないのだから。

ナムルスが、こんな土壇場《どたんば》の状況で、自分だけ見ているしかないことを悔しげに、歯がゆく思っていると——ふと、気付いた。

システィーナの横顔に違和感を覚えたのだ。

『……システィーナ？』

「…………」

システィーナは戦っている。こうしてナムルスと言葉をかわしながらも、一瞬たりとも手足を止めずに戦っている。

風の魔術師として、遙かな高みに到達した彼女がなし得る最大最高の風を、自由自在に操り、天使達を吹き飛ばし、薙ぎ払い、切り裂き、蹴散らしている。

今の彼女は、まさに荒ぶる風の化身。風の神そのものといってもいい。

それほどの獅子《しし》奮迅でありながら。

だが、その表情は——どこか、哀れむような、寂しげなものだった。

『どうしたの？　システィーナ』

「……え？　うん……ちょっと……ね……」

システィーナは、眼前に迫り来る天使達をほとんど見ていなかった。

見もせずに、迫り来る天使達の群れを風で薙ぎ払いながら、彼女がじっと見つめているのは──グレンとジャティスの戦いだった。

無限の宇宙空間を舞台に、今も二人は二つの流星となって、縦横無尽に動き回り、追いかけ合い、ぶつかり合っている。

ぶつかり合うごとに、超新星のような爆発と衝撃。

それが宇宙空間のあちこちを、パッ！　パッ！　と断続的に照らしていく。

その一つ一つが、世界をまるごと一つ滅ぼせるほどのエネルギー。

それは、恐るべき破壊の残滓《ざんし》だが、とても幻想的で美しく──

──同時に。

「なんか……寂しいなって」

『……え？』

システィーナの予想外の呟《つぶや》きに、ナムルスは呆気《あっけ》に取《と》られるしかない。

『寂しいって……何が？』

「ジャティスのことよ。この期に及んで自分でも何言ってるんだろって思うけどね」

こうしている間にもシスティーナの手は、戦う動きは止まらない。

「正直に、本音を言えば……あの人《ジャスティス》は本当に凄《すご》い人だと思うわ。

人間としては、まったく尊敬できないけど。史上最低のクソ野郎だけど。

私達にとっては世界の敵だから、許すつもりも、認めるつもりもサラサラないけど。

それでも……魔術師としてだけは尊敬できるわ。……同じ魔術師としてね」

『…………』

「あの人《ジャスティス》が至った〝天〟。

なんていう……凄い神秘なんだろう。なんていう人の限界を超えた極みなんだろう。

今、こうして見ていても、信じられない……人間が、あの遙か高みの領域に到達できるなんて。あれは最早《もはや》、一つの真理。あの人《ジャスティス》だけの真理。

ジャティスは一体、どんな思いで、あの〝天〟を練り上げたの？

一体、何を為《な》すために、何のために、あの〝天〟に至る道を歩き続けたの？

そこまでして……どうして、先生を超えたかったんだろう？

私はジャティスを許さない。先生と共に彼を打倒する。

それだけは、もう何があっても絶対に揺るがないわ。

それでも……彼が並大抵の努力と覚悟で、自身の〝天〟に到達してないことだけは……わかる。その歩んだ道のりの、壮絶な茨と果てしない旅程だけはわかる。

彼をただの狂人だと括《くく》ってしまえば、それまでだけど……でも、それでも、彼は歩んだ……歩みきったのよ！　凄いことだわ、信じられない！

もし、ジャティスが敵じゃなかったら、私は感動で涙したかもしれない。

でも……あんなに凄いのに。なのに……」

一呼吸置いて。

システィーナは静かに、胸の内を明かした。

「なんで……あんなに、寂しい〝天〟なんだろうなって……」

────。

「グゥウウウウレェエエエエエンンンンン──ッ！」

「ちぃ──ッ!?」

流星と化したジャティスが遥か上空より飛翔し──グレンへ、斬撃を振り下ろす。

咄嗟《とっさ》に、グレンは頭上に両手で掲げた刀でそれを受け止める。

噛《か》み合《あ》う刃と刃。発生する超新星爆発。

閃光《せんこう》と衝撃が、無限の彼方まで駆け抜け。

グレンは突進してくるジャティスに押し込まれるまま、下方へ下がっていく。

その刹那──


横一閃。


ジャティスの女神がグレンの背後に光速で回り込み、大剣を振るったのだ。

「──くぅ──ッ⁉」

グレンが後方宙返りの軌道で飛び、それを避《よ》け──その空域を離脱し──

「はははははははははははははははははははははは──ッ！」

ジャティスがさらに、グレンへ光の速度で追い縋り、斬撃を乱舞する。

ジャティスの女神もそれに合わせ、グレンを上下左右前後から縦横無尽に襲う。

グレンは身を捻《ひね》って、刀で受け止め、弾《はじ》き返《かえ》し、辛《かろ》うじてそれらを避け続ける──

刃が噛み合うごとに絶叫する凄《すさ》まじい爆光と衝撃が、この次元へ亀裂を入れる。

「はははははは！　大した剣技じゃあないか⁉」

女神と共にグレンを苛烈に攻め立てながら、ジャティスが歓喜の表情で叫ぶ。

「わかる！　わかるよ、グレン！　君が今、考えていることはよくわかる！

〝どうして自分はこの剣をここまで扱えるのか？〟ってね！　そんな顔しているよ！

確かに軍時代の君は、剣なんてほとんど使わなかったからねぇ⁉

心配要らない！　その剣技は――紛れもなく君自身のものだ！

君自身が数多《あまた》の戦いの中で、練り上げ、鍛え上げ続けてきたものさ！

疑問など覚える必要はないんだ！　遠慮なく、全力で僕を殺しに来てくれ！

そんな君を下すことに――価値があるのだからッ！」

「ごちゃごちゃ――うるせぇえええええええええええええええ――ッ！」


その時。

グレンが、全身の発条《ばね》を振り絞り、捻りを利《き》かせてジャティスに渾身《こんしん》の一撃を返す。

その一撃を、ジャティスは自身の剣と女神の剣を交差させて、受け止める。

衝撃が――ジャティスを吹き飛ばす。

が、光の速度で後退するジャティスは、即座にブレーキをかけて、虚空《こくう》で停止。

その一合で戦いの円が一旦切れて、グレンとジャティスに間合いができる。

「はぁー……ッ！　はぁー……ッ！　ぜぇー……ッ！　ぜぇー……ッ！」

すでに激しく上がっているグレンの息。

「くくくく……」

対し、ジャティスはまったく息を乱さず、余裕の表情。

徐々に……徐々に、拮抗《きっこう》が崩れ始めている。

「この分だと……決着は近そうだね」

「ぜぇ……ぜぇ……」

「グレン。僕は僕達二人の結末を……〝読んでいない〟。意味がないからだ」

「はぁー……はぁー……」

「ゆえに、油断はしない。

僕は、最後まで全力で、最大限で、全身全霊で、乾坤一擲《けんこんいってき》で、心を込めて、愛情を込めて、懇切丁寧かつ大胆に、最大限の殺意と敬意をもって、勝利への渇望《かつぼう》をもって、絶対的に、圧倒的に、己《おの》が魂の全てを振り絞って、この命をかけて——君を斃《たお》す。

ははは……はははははははははははははははははははは——ッ！」

そんな風に高く笑うジャティス。
その漲《みなぎ》る魔力は、さらに高まって。
その存在感は、さらに膨れ上がって。
その時、グレンは──強烈に悟った。

──〝勝てない〟。

（俺は……俺の〝正義〟は、ジャティスの〝正義〟に勝てない。
負ける……人としての、根本的な妄念が……最早、違いすぎる……）
それは最早、絶対の確信だった。確定された未来であり、運命であった。
だが、そんな世界の命運を左右する絶望的な事実を前に。
グレンの心は焦燥に駆られることはなく。
むしろ──こんな言葉が、不意に口を突いて出ていた。
「ジャティス。お前は……寂しいやつだな」

するど、今まで高笑いしていたジャティスが笑いを止め、グレンに向き直る。

「……何が？」

「言葉まんまの意味だよ。お前は寂しいやつだ」

「ふうん？　ひょっとして、君は僕を哀れんでいるつもりかな？」

「誰が、お前なんか哀れむものかよ、このタコ助《すけ》野郎。ただ、純粋に、そう思っただけだっつーの」

グレンが鼻を鳴らす。

「お前……どうすんだ？　この戦いに勝って。

仮に俺を倒して、お前の〝正義〟の絶対性を証明して……これからどうするんだ？

誰からも理解されない。誰も寄り添わない。孤独な正義……お前、一体、それでどうするつもりなんだ？」

「ふっ……言わずと知れたことを。始めるだけさ。僕の〝正義〟を」

「たった一人でか？」

「ああ、そうさ。たった一人で、だ。なぜなら――……」

〝あの人も、たった一人だった〟

そんな呟《つぶや》きは、グレンには届かない。

「………………」

「〝正義〟とは、自身の内なるに問いかける特別なものだ。自分自身への祈りだ。

それぞれの〝正義〟こそが、それぞれの個々にとって、絶対的なもので唯一無二。

理解者など必要ない。寄り添う人など必要ない。協賛も賛同も必要ない。

必要ない。そんなのまったく必要ないんだ、グレン」

「本当に……そうか？」

グレンがぼそりと呟く。

にわかに沈黙するジャティスへ、グレンはぽつぽつと語りかける。

「確かに……正義なんて、人それぞれだ。二人いれば、二人それぞれの正義があって……

そうなりゃ当然、ぶつかり合うこともある。

一見、正義なんて、究極、この世界に共存することなんてできないように見える……で

も、本当にそうか？　そうなのか？　それだけなのか？　それまでなのか？

この世界に、至高の正義が存在したとして……それは、唯一無二なのか？

頂点にただ一人なのか？

〝正義の魔法使い〟とは……俺は──……」

「少なくとも」

するとジャティスがニヤリと笑いながら、グレンの言葉を遮った。

「ここで、僕と君の正義が手を取り合うことは、未来永劫《えいごう》存在しない。そうだよね？」

「……、……ああ。そうだな」

「決着をつけよう、グレン。

君と僕……真なる〝正義の魔法使い〟がどちらに相応《ふさわ》しいか……魔術師の流儀で決めようじゃないか」

そう宣言して。

ジャティスが──魔力を高める。

さらに、さらに、さらに、さらに──高める。

最早《もはや》、今のジャティスは神にも等しい。

人でありながら、神殺しの神と成ったのだ。

そんなジャティスを目の当《ま》たり《あ》にして。

グレンは、ぼそりと呟いた。

「だが、結論を言っちまえばさ……俺の負けだよ」

そんなグレンの言葉に、ジャティスがぴくりと眉を動かす。

「お前の勝ちだ、ジャティス。喜べよ」

「……らしくないな、グレン。君は、どんな時でも前を向き、諦めるということを知らないはずだ。それが君にとっての〝正義の魔法使い〟だろう？」

「に、したって、限度ってもんがあるわ」

グレンが肩を竦《すく》める。

「お前のことは、マジで大っ嫌いだが。ぶっ殺してやりてえが。

お前が、とんでもなく凄《すげ》えやつだってことは……間違いねえよ。認めてやるよ。

よくもまぁ、たった一人で、自身の正義だけで、そこまで辿《たど》り着《つ》いたもんだ。

この次元樹広しと言えど……数多の異世界全てひっくり返しても、そんなことができるのは、過去悠久、未来永劫、お前だけだろうよ。

ああ、俺の負けだ。俺はお前に勝てねえ。

魔術師の流儀で〝正義の魔法使い〟の在り方を語るなら……お前は、この世界で唯一無二、至高最強の〝絶対的な正義の魔法使い《ABSOLUTE JUSTICE》〟だ。

それは……忌々《いまいま》しいが認めてやるよ」

「グレン……」

「だがな……お前は、一つ些細《ささい》な間違いをしてる」

「ほう？　間違いだって？　一体どこが？　後学のために是非、教えてくれないかい？」

「ああ、教えてやるさ」

そう言って。

グレンは──再び刀を構えた。

「俺は……教師だからな」

「はははは！　どうかご指導ご鞭撻《べんたつ》、よろしくお願いしますよ、先生ェ……ッ！」

ジャティスも、獰猛《どうもう》に笑って剣を構える。

それに呼応するように、背後の女神も大剣を振りかざす。

再び、互いに魔力を高めて、高めて、高めて。

限界まで高めて──

そして、遙《はる》かな宇宙空間で再度、激突するのであった。


────。

ぶつかり合う。
世界の果てで――二人の魔術師がぶつかり合う。
流星と化して、激しく入り乱れ、切り結び合い、ぶつかり合う。
時の流れすら曖昧に乱れる世界で、一体、どれだけの間、戦い続けた頃だろうか？
ついに――戦いの拮抗は傾いていた。
永遠と思《おぼ》しき長きに亘《わた》る戦いで、ついに消耗したグレンをジャティスが圧倒している。

（……勝てる）

計算などしなくても、それがわかった。
ついに、ジャティスが待ち焦がれていた瞬間がやってくるのだ。
とうとう、ジャティスはグレンに勝つのだ。
自分が、グレンを――超えるのだ。
（ついに……勝てる。とうとう勝てる！　僕は君に勝つ！　勝つんだ！）
ふと――ジャティスは思い出す。

彼の原初の心を。自身の魂の旅路の始まりを。

自分が〝正義の魔法使い〟を目指すことになった、その切欠《きっかけ》を。

自分と、とある〝正義の魔法使い〟との出会いを——

（忘れもしないよ……最初に〝彼〟と出会ったのは……とある世界の、とある田舎町の、とある広場……あの町を象徴する『正義の女神《レディ・ジャスティス》』の下で。

最後に〝彼〟と会ったのは……そのとある世界が、遙か空の彼方《かなた》からやってきた邪悪の手によって滅ぼされ……世界でただ一人生き残った僕だけでも救おうと、〝彼〟がたった一人で戦っていた、あの地獄の釜の底のような戦場で。

僕は……〝彼〟を見ていたんだ……ッ！）

かつて、ジャティスが生まれ育った、今、此処《ここ》とは違う世界で。

この世界のありとあらゆる邪悪なるを煮詰めた、真なる悪意の権化《ごんげ》たる存在と。

その〝彼〟は——たった一人で戦っていた。

その戦う姿は。その背中はまるで。

この世の全ての人間の、切なる願いを背負っているかのような。

暴虐なる邪悪に抗《あらが》う、人の意地のような、誇りのような。

理不尽に抗う人の意思の体現のような。希望のような。

どこまでも尊く、誇り高く、美しく……自分が〝彼〟と同じ人間であることを、誇りに思えるような……〝彼〟は、そんな気高く眩《まぶ》しい姿をしていた。

（だから、憧れた。涙が出るほど感動した。

あれが、これからの僕が自分の全てをかけて目指すべき姿だと。僕はそのために、あの世界でただ一人生き残ったのだと……そう、運命を感じたんだ。

この世では、人だけが邪悪に立ち向かう。

人だけが理不尽に抗い、挑み、戦い続ける。

それは……人にのみ許された特権であり存在意義。人だけが己の信ずる義に従って、他者を打倒することを是とする、選ばれた生き物だからだ。

人が戦うのは、戦いの喜びからでも、他者を貶《おとし》め弄ぶ愉悦からでもなく、他者から奪い欲望を満たすためでも、弱者を踏みにじることで、優越感を確立させるためでもない。

それが、人が為《な》すべき義務だからだ。使命だからだ。

〝彼〟は──その〝人たる〟の極みだった。体現だったんだ)

〝彼〟は……ジャティスにとって、至高の存在だった。

信徒が天にまします大いなる主を信仰するように。

ジャティスは〝正義の魔法使い〟を信仰したのだ。


(だけど、残念に思うことは……〝彼〟が敗北を喫したことだ。

僕の世界を滅ぼした、その真なる邪悪に……)


そう。

ゆえに。


〝彼〟は……ジャティスにとって、至高の存在であると同時に。

〝彼〟は……ジャティスにとって、超えねばならない壁であった。

〝彼〟の在り方を実践する自分が、〝彼〟を超えることで、〝彼〟の在り方の正しさを証明せねばならなかった。

〝彼〟の在り方が、ジャティスにとっての至高であるがゆえに、それが誰かによって貶められることは我慢ならなかった。許せなかったのだ。

（あの真なる邪悪は……〝彼〟を侮辱した……ッ！

人の切なる願いに応えて、戦い続けるあの〝正義の魔法使い〟の在り方を……滑稽だと貶めた。理不尽そのものの存在が、人の誇りを理不尽にあざ笑ったのだ。

許さない。許せない。許してはならない。

〝彼〟を侮辱するのは、この宇宙の全ての人間を侮辱するのと同義。

〝彼〟を信仰する、この僕に唾棄するのと同義。

絶対に許してはならない……許してはならないんだ……ッ！

僕の全ての、誇りと尊厳にかけて……ッ！）

だから。

（僕が……〝彼〟の代わりに〝正義の魔法使い〟となる！

彼以上の〝正義の魔法使い〟になる……ッ！

〝彼〟をバカにした、あの吐き気を催すような真の邪悪を斃《たお》すために！

無念にも敗北を喫した〝彼〟の、全ての名誉と誇りと尊厳を守るために！
僕は──〝彼〟を超えなければならないんだ……ッ！
一人で……ッ！）

そう、一人で。
一人じゃないといけない。
だって──

──。

〝寂しくないの？　帰りたくないの？〟
〝そうだな……正直、帰りてえな〟

──。

（それだけが……全てにおいて完璧な〝正義の魔法使い〟だった〝彼〟の、唯一の隙……

弱さだった！

ならば、僕はそれすら捨て、真に完璧な〝正義の魔法使い〟となる！

〝彼〟の代わりに、〝彼〟を超える〝正義の魔法使い〟となる……ッ！）


そのために──ジャティスは、ずっとずっと走り続けてきた。

無論、あまりにも遠く果てのなさすぎる目標に、一体どこを目指したらいいのか、迷走していた時代もある。

こっちの世界にやってきてからの帝国軍魔導士時代なんか、まさにそんな感じだ。

だが、確信はあった。

いつか、自分は正しい方向を見出《みいだ》し、その方向へ向かって、まっしぐらに歩み続けることができる……そんな予感と確信があった。

そして、事実──そうなった。

まるで、予《あらかじ》め決められたレールの上を走ることしかできない列車のように。

（いや。確かに悔しいが……僕は列車だ。

決められた運命のレールの上しか走ることができない滑稽で哀れな列車だ。

それは——もう仕方ない。

それに抗う無意識が、少しでも未来を観測予想・計算して、介入しようとすることを使用用途とする僕の固有魔術《オリジナル》であったことが……それを痛いほどに証明している。

だけどね。

それが、どんなに予め定められていた、閉ざされていた運命のレールでも。

何回も、何十回も、何百回も、何千回も、何万回も、何億回も走り続ければ……いつか脱線する。それは奇跡でもなんでもない必然。ただの、この世界の真理。

今が——まさに、それなんだ）

そして、ジャティスはグレンを見る。

今、この瞬間、互いの全てをかけて鎬《しのぎ》を削り合い、壮絶に切り結び合う相手を見る。

一太刀ごとに超新星爆発の如《ごと》き衝撃をまき散らし合いながら。

激しく戦い合う好敵手を見る。

（だから、後は〝君〟だ……〝君〟だけなんだ……ッ！

〝君〟を斃すことで……僕は全てを成し遂げる……ッ！

僕は……真なる〝正義の魔法使い〟に……なるんだぁああああああああああああああああああああああああああ──ッ！）

永劫《えいごう》のような戦いの最中に生じた、絶好の好機に。
ジャティスは必殺の気迫を込め、剣を振るった。
縦一閃《たていっせん》。最高の、至高の、最大の、神域の一撃。
同時に──そんなジャティスの神域の斬撃に合わせ、女神も横一閃。
それは女神を超えた魔神の一撃。
そして、その二つの光速斬撃が重なる一点、ただの物理的衝撃で時間と空間が歪《ゆが》む。
そんなジャティスの壮絶な攻撃を──

「……ッ！」

グレンはかわせない。かわせるはずがない。
その攻撃は──完璧だった。ジャティスの至高の一手だった。
辛《かろ》うじてジャティスの攻撃を受け止めても、女神の攻撃は受け止められない。

逆に女神の攻撃を受け止めても――ジャティスの攻撃は受け止められない。

「グゥウウウウウレェエエエエエエエエエエエエンンンンンン――ッ！」

そのジャティスの鬼気迫る渾身《こんしん》の魂の一撃に対して。

グレンは――女神の攻撃を受けることを選択。

「ぉおおおおおおおおおおおおおおおおおおおお――ッ！」

真っ向から噛《か》み合《あ》う刃と刃。

壮絶な超新星爆発をまき散らして、グレンが女神の剣を受けるが――

手は完全に尽きた。

この刹那那由他の一時、グレンにはもうジャティスの攻撃を防ぐ手段がない。

時間を止めようが、巻き戻そうが、空間を跳躍しようが、存在の位相次元をずらそうが、

全てが無理。

勝負は決したのだ。

ジャティスの勝利。グレンの敗北である。

「ぁあああああああああああああああああああああ――ッ！」

ジャティスの渾身の、最後の一撃が――グレンへと振り下ろされる。

そんなジャティスの剣が、グレンへ届く――

――まさに、その時だった。

「先生ぇぇぇぇぇぇぇぇぇぇぇぇぇぇぇぇぇぇぇ――ッ！」

絶対にあり得ない声が、ジャティスの耳に、グレンの耳に届いた。

――――。

時は前後して――……

延々と続く戦いの最中、ナムルスが零《こぼ》した言葉に、システィーナ達は耳を疑った。

「あるの⁉ なんで最初から言わなかったのよ⁉」

『うるさいわね！ 仕方ないでしょう⁉

策とも呼べない、馬鹿げた策だし！ 本当にできるかどうかもわからないし！

そもそも、グレンがあんな至高の領域に至るなんて予想外だったから！ 今の今まで、まったく全然、思いつかなかったのよ⁉ 悪い！』

ふしゃーっ！ とナムルスが真っ赤になって怒る。

「二人とも！ 喧嘩《けんか》してる場合じゃないよ！」

「ん！ ケンカ、良くない！」

戦いの手は止めぬまま、ルミアとリィエルが窘《たしな》める。

「く……、で？ その策って一体、どういうの⁉」

システィーナが風を操り、迫り来る天使達を押し返しながら、ナムルスへ問い返す。

『私が、誰かに〝与える存在〟だということは知っているわよね？』

「知ってるわ。貴女《あなた》は最初からそういう風に誕生させられた……でも、それは……」

『策が……あるわ』

『気にしてないから、そのつまらない感傷はどうでもいいわ。

で、話を戻すけど、私は〝与える存在〟であると同時に、外宇宙の邪神の一柱《天空の双生児《タウム》》――その片翼、時の天使《ラ゠ティリカ》。

グレンを我が主様《マスター》として、契約関係にある……私と彼は一心同体。

私の魂と心の全ては彼のものだし、同時に、彼の魂と心は私のものでもあるわ』

「ちょっと……羨ましいかも」

『聞こえてるわよ、愚妹《ルミア》。恋愛乙女脳はちょっと黙ってなさい。

つまり、私が言いたいのは……グレンが至った境地、愚者【THE FOOL HERO《ジフールヒーロー》】の力は、私のものでもある、ということ』

「……ッ!?　そ、それって……」

「まさか……？」

理解を結んだシスティーナとルミアの顔が、驚愕《きょうがく》に歪む。

そんな二人へ、ナムルスが静かに頷《うなず》いた。

『ええ、そうよ。だったら……私の《王者の法《アルス・マグナ》》で……【THE FOOL HERO《ジフールヒーロー》】を、貴女達にも与えることができる……ような気がする……かも、しれない……？』

「ず、随分、自信なさげなんですけど!?」

『実際、自信ないのよ！』

ナムルスがキレ気味に叫んだ。

『だって、ジャティスの【ABSOLUTE JUSTICE《アブソリュート・ジャスティス》】ほどじゃないけど、グレンの【THE《ジ》 FOOL HERO《フール・ヒーロー》】だって、相当、頭イカれてるわよ⁉

あの神秘は、グレンが魂の旅路の果てに至った、グレンだけの神秘！　そんなものを、私の《王者の法《アルス・マグナ》》ごしとはいえ、貴女達他者に付与できると本気で思う⁉

私という存在の理屈上、できるかもってだけの話よ！　そんなのは策じゃない！』

「そ、それはそうかも……だけど……」

「一度……試してみることはできないかな？」

何も言えないシスティーナに、ルミアがそう提案するが。

『駄目よ』

ナムルスが速攻で否定した。

『見なさいよ、この今の私の体たらく』

ナムルスの身体《からだ》は……妖精サイズだ。

しかも、実体も存在しない幽霊のような身体。

それは外宇宙の邪神の一柱とは到底思えない、弱々しい姿。

『ルミア。レ＝ファリアの本質を引っこ抜かれた貴女という存在を保つために、私はラ＝ティリカとしての本質をほぼ、貴女に譲渡したわ。双子だからできる業ね。

でも、おかげで今の私はこんなに貧弱な存在。

こんな状態で、お試しの《王者の法《アルス・マグナ》》を振るうことなんて不可能よ。

——一回。精々あと一回が限度よ。

しかも、本当にそれが成功するか否《いな》かわからないし……たとえできたとしても、できたとして、【THE FOOL HERO《ジ　フールヒーロー》】の力をどれだけ貴女達に流せるか。

多分、千分の一？　万分の一？　億分の一？

さらにはその効果時間は一秒？　一瞬？　刹那？　ううん、もっと短いかも。

そんな情けないのが……正真正銘、私の最後の《王者の法《アルス・マグナ》》ってわけ』

「……ッ⁉」

押し黙るシスティーナ達を前に。

『（それに……その最後の一回で、私という存在は……多分……もう……）』

ナムルスは半眼で、ぼそりと何事かを呟《つぶや》きかけるが、かみ殺した。

今、ここで、あえて言う必要はないことだ。

本来、自分はこの世界に居てはいけない、居るべきでない存在。

全てがあるべき自然な形に戻るだけ。そんなこと、未来へ向かって歩んでいくこの娘達には、まったく何も関係のないことなのだから――

『で？　どうするの？　皆《みんな》。伸《の》るの？　反るの？』

そんなナムルスの問いかけに。

一瞬、システィーナとルミアが口ごもっていると。

「ん。やろう、システィーナ。ルミア」

リィエルが何の迷いもなく、あっさりとそう言ってのけた。

「……わたしにはよくわからないけど。それしか方法がないなら、やるしかない。

でも、多分、大丈夫。きっと、全部うまくいく。……勘だけど」

こんな世界の果ての最終決戦の最中だというのに。

相変わらず、いつも通り眠たげにそんなことをぼやくリィエルに。

システィーナとルミアは笑った。

「そうね、やろっか」

「うん。……こんなの、いつものことだよね」

「さ、さすがに……もうこれで、こんなこと、本当に最後にしたいけどね！」

そんな二人へ。

『……安心なさい、これで最後よ。……うん……本当に最後……』

ナムルスが、そっぽを向いて、そうぼそりと告げる。

声のトーンが少し妙な気もしたが、システィーナとルミアは気付かない。

辛《かろ》うじてリィエルだけが、不思議そうに小首を微《かす》かに傾《かし》げただけである。

『いくわよ。準備はいい？』

ナムルスが、何かを誤魔化《ごまか》すように三人娘達を促した。

『システィーナ、タイミングは貴女が指示なさい。私は貴女の指示に従って、正真正銘最後の《王者の法《アルス・マグナ》》を発動するだけよ』

「……わかったわ」

システィーナが前線をルミアとリィエルに任せて戦列を離れ、グレンとジャティスの戦いを注視し始める。

グレンとジャティス。互いに無限の宇宙を駆け流れる光速の流星と化して、縦横無尽に切り結ぶその様は、とても自分達が介入できるような次元の戦いではない。

（でも……私なら……なんとなく、わかるわ……）

いくら、遙《はる》か高みに到達したとしても。

戦っているのは——グレン。システィーナの師匠なのだ。

グレンからは様々なことを教わった。魔術だけではない。

戦いの呼吸そのものも、だ。

確かに今のグレンは、今の自分では到底手が届かないほどの高みの領域にいるけど。

でも、それでも。

グレンの戦いの呼吸は……ずっと一緒に頑張った拳闘の修練を通してシスティーナが教えられてきたことは……その流星のような立ち回りからでも、確かに感じられる。

なにより戦っているのは、グレン。システィーナの最愛の師匠なのだ——

（見極めろ……見極めるのよ！　先生の動きを……ッ！　戦いの趨勢《すうせい》の分水嶺《ぶんすいれい》……その攻守の入れ替わりの境界を……ッ！　生死を分かつ死線を……ッ！）

当然、システィーナの戦いの手は止まる。

そんな隙だらけのシスティーナへ、天使達が殺到する。

だが——……

「させないッ！」

「いいいいいいやぁああああああああああ──ッ！」

そんなシスティーナを、ルミアとリィエルがフォローする。

迫り来る天使達を、時間と空間の歪《ゆが》みが。

吹き荒れる銀色の剣閃《けんせん》が阻《はば》む──……

（まだよ……まだ……ッ！）

システィーナは見定める。見定める。見定める。

足を止め、自らの風を高めて、高めて、高めて──

ひたすら、グレンの動きを見定める。

きっとできる。見定めきれないわけがない。

だって──彼は、自分がずっと戦い方を教わってきた、師匠なのだから。

ルミアとリィエルが、己《おの》が魂を擦り削りながら、天使達と戦い続けている。

当然、システィーナが一時的に戦線を離脱したことで、二人は今にも押しきられそうなほど負担を背負うことになっている。

だが、ルミアとリィエルはシスティーナを信頼し、ひたすらに戦い続けている。

背中を焦がし続ける焦燥の炎を無視して。

ただ、ひたすら、システィーナは、グレンの戦いの趨勢を見定め続けている――

〝それでいい。信頼に対する真の応えとは、責任という重圧に耐えて、行動を起こすこと。己の為《な》すべき事を見据え、逃げず、それに立ち向かうことなのだからな〟

〝自信持ちなさい。今の貴女《あなた》は強いわ。……教えが良かったせいでね〟

もし、この場にあの二人が居てくれたら、きっとそう言ってくれるだろう言葉を、胸にリフレインさせながら。

システィーナはただ、機をひたすらに待ち続ける。

刻一刻と削れていくルミアとリィエルの姿に耐えて。

刻一刻とジャティスに追い込まれていくグレンの姿に耐えて。

全てを背負って。
システィーナはただ、ひたすら待ち続ける。
己の風を高めながら、待ち続ける。
待って……
……待って……待ち続けて……
…………。
…………。
……やがて。
まるで、永劫《えいごう》のような時間が流れたかのように思われた頃。
ついに、その時が——来る。
（……ここ……ッ⁉）
その瞬間、システィーナの全身を稲妻が走ったかのような感覚が支配した。
グレンとジャティスの戦いの分水嶺。攻守の狭間《はざま》。

ジャティスが勝利を確信し、必殺の一撃をグレンへと放ち。

そして、グレンがそれを凌《しの》ぎきれず——その一撃を受け入れてしまう。

そんな、勝敗を決する分岐点の到来を——その刹那、システィーナはついに読みきったのだった。


(……ここなの……ッ!?)


攻守の分水嶺は、勝敗の決定点。

当然、戦いの流れは勝者にあり、敗者はすでに敗北の流れに身を任せるしかない。

だが——分水嶺は分水嶺。

それは、些細《ささい》なことで勝敗が入れ替わる天王山でもある——


(ここなのね……ッ！　先生……ッ!?)

その瞬間、システィーナは弾《はじ》かれたように、魂から叫んだ。

「ナムルスぅううううううううううう――ッ！」

そんなシスティーナの言葉に反応して。

『!?』

「システィ！」

「……ん！」

皆が――一斉に動き出す。

『――《王者の法《アルス・マグナ》》――ッ！』

ナムルスが最後の《王者の法《アルス・マグナ》》を解放する。

途端、システィーナ、ルミア、リィエルの身体《からだ》が輝き出し――……

「はぁあああああああああああああああ――ッ！」

三人は、光すら超えた速度で、戦うグレンとジャティスの下へ突進していく。

そんな三人へ、無数の天使達がここぞとばかりに突進してくる。

それは宇宙を埋め尽くす星々のようで、とてもじゃないが突破できるようには思えない。

だが――……

――。


唐突だが、ここで一つ、謎《リドル》かけを提示しよう。

〝正義の魔法使い〟とは、何なのか？

人は皆、最初は《愚者》である。生まれながらの《愚者》である。

そのような高尚な存在とは、ほど遠い。

だが、己の無知と矮小《わいしょう》さを自覚したその瞬間から、《愚者》から〝旅人〟となる。

そして、彼らはそれぞれの《世界》を目指して、遙かな魂の旅路を辿《たど》る。

その未来に淡い希望を託して。

雨にも負けず、風にも負けず。

ただ、ひたすらに、愚かしいまでに歩み続ける。

《世界》が《愚者》の目指す、それぞれの到達点とするならば。

〝正義の魔法使い〟とは、《世界》の形の一つに他ならない。

ならば、その〝正義の魔法使い〟とは——一体、何なのか？


…………。


とある兄妹達《きょうだい》の、平凡で幸せな日常の一風景の中で。

その少女——リィエルは、不意に席を立った。

「どうしたの？　リィエル」

「ははは、まだ宿題が終わってないよ？」

勉強机の傍《そば》に立っていた、リィエルの兄妹——イルシアとシオンが、驚いたようにそう言うが。

「……ごめん、シオン。イルシア」

いつの間にか、リィエルの姿が変わっていた。

もう平凡な村娘姿ではない。帝国宮廷魔導士団の特務分室礼服姿だ。

「……わたし、行かなきゃ」

するると、イルシアが全てを悟ったように、哀《かな》しげに呟《つぶや》いた。

「どうして？　どうして、行っちゃうの？　リィエル……」

貴女の世界は、辛《つら》いことばかりじゃない……

知ってるよ？　貴女が、今までどれだけ酷《ひど》い目に遭ってきたか。

あの世界は、貴女に優しくない。

私達が、貴女を生み出してしまったばかりに、貴女はずっと過酷な道を歩まされ続けてきた……貴女はそれを辛いとも苦しいとも思うことなく、ただただ盲目的に従い、何も考えずに歩いてきた……一人、寂しく」

「この世界に僕達が現れたということは……これは、きっと、君が心のどこかで望んでいた……ある種の君の本音、真実なんだよ、リィエル」

「だったら……もういいんだよ？　頑張らなくても。この世界には貴女が経験した辛いことや哀しいことは無縁。ここで私達と一緒に幸せに暮らしてもいいんだよ？」

「あの時、僕達は君を祝福し、後押しをしたけど……でも、こうも思っていたんだ。本当にそれでいいのかって」

「私達のエゴを貴女に背負わせて、それが本当にリィエルのためになるのかって」

「だから、僕達は……」

そんな風に、シオンとイルシアが迷いを浮かべて俯《うつむ》くが。

「大丈夫」

リィエルは、きっぱりとそう言った。

「確かに最初は、わたしは誰のために、何のために戦うかなんてわからなかった。

誰かに言われるままに戦った方が、何も考えなくて楽だった。

でも、今は違う。今のわたしには守りたい、大切な人達が、いる。

グレンと一緒にいることで……わたしは、わたしの歩むべき道を見つけた。

そして、それを教えてくれたグレンを守る。

だから……わたしは行く。シオン、イルシア。何も心配いらない」

そんなリィエルを。

「そっか……そうだよね……ふふ、私達が心配することなんて、もうとっくに何もなかったよね……なのに、つい出しゃばっちゃってごめんね？」

「……ああ、頑張ってね、リィエル……」

イルシアとシオンは、安堵《あんど》したように。

笑ってリィエルを送り出すのであった――……

〜〜〜。

最初、彼女は《愚者》であった。
己の生まれた意味を知らず、存在する価値を知らず。
ただただ盲目的に、人から言われるまま、剣を振るって戦い続けるだけ。
世界は彼女に対して優しくなく、彼女は何も感じない。否、考えない方が楽だった。
だが、そんな当てもなき盲目的な魂の旅路の果てに。
彼女は己の生まれた意味を知り、存在する価値を見出《みいだ》して。
己《おの》が真なる願いと望みを知り、剣を振るう理由を得る。彼女だけの光を得る。
それこそが、彼女の《世界》。
彼女は、ついに彼女の《世界》に到達した。
ゆえに──彼女は〝正義の魔法使い〟であった──……

「いいいいいいいいやぁあああああああああああああ──ッ！」

〝正義の魔法使い〟が振るう、渾身《こんしん》の銀色の剣閃《けんせん》が、並みいる天使達の人垣を、真っ二つに斬り裂いた――

――――。

とある王族の母娘《おやこ》達の住む、宮殿の一室にて。

「ごめんなさい、お母さん、姉さん」

その少女――ルミアは毅然《きぜん》と言った。

「私、行かなければならないんです」

いつの間にか、ルミアの姿が変わっていた。

煌《きら》びやかなドレスで着飾った王女ではない。《天空の双生児《タウム》》の姿だ。

すると、彼女の姉レニリアと母アリシアは、少し哀しげにルミアを抱きしめる。

「貴女《あなた》は……昔からそう。自分を蔑《ないがし》ろにしすぎる」

「その特殊な生い立ちのせいで、貴女は自分になど価値がないと思い込み、誰かに尽くすことで、自分が犠牲になることで、自分の価値を作ろうとしている。

貴女は聖人でもなんでもない。運悪く少し特殊な力を持って生まれてしまっただけの……普通の子なのに……」

「私達は、それが心配だったの……ひょっとしたら、貴女は現実の世界では、決して幸せになれないんじゃないかって……」

「だから、私も夢見たことがあるの……もし、貴女が普通の少女だったら。

だったら、いっそ……こうして私達と一緒に……」

そんな不安げな姉と母へ。

「大丈夫です、姉さん、お母さん。私は大丈夫」

ルミアは朗らかに笑いながら言った。

「確かに、二人の言う通り……私、ちょっとのぼせてました。自分という存在が、特別な存在で、周りに不幸しかもたらさないとばかり思っていて。

ならば、自分を捨て、誰かのために生きることで、自分が犠牲になることで、必要ない自分に存在価値を……意味を見出そうとしました。

でも……それは間違いだった。

こんな私を必要としてくれる人がいて、愛してくれる人達がいて、私は自然とそういう人達に支えられて生きている。

私が、全てを支えるなんて、ただの自惚《うぬぼ》れだった。

自分を犠牲にして誰かのためになるなんて、間違いだった。

私は……何も特別なんかじゃない。

私は誰かに支えられ、与えられている、だから、そのお返しに皆《みんな》を支えてあげて、与えるんです。そこに、昔のような一方的で自己満足な自己犠牲なんかいらないんです。

私は……私にできることで、この世界を支えたい。

そして、私は……私にそのことを気付かせてくれて、私のことを支えてくれた……グレン先生を支えたい。

自己犠牲でも、義務でもないんです……それが私自身の望みだから。

だから……ごめんなさい。

私は、私を支えてくれて、私が支えたい人がいる世界に……帰ります」

すると、そんな穏やかながら自信をもって言いきるルミアに。

「ふふ、なんとなく……貴女ならそんな選択をするんじゃないかなとも思っていたわ。なのに余計なお節介ばかりして……本当に母親失格だわ……」

「ルミア……しばらく見ないうちに、随分と大人になったのね……」

アリシアとレニリアは少し寂しげに、だけど嬉《うれ》しそうに息を吐《つ》くのであった——

〰〰。

最初、彼女は《愚者》であった。

自分を特別だと思い込み、この世界に必要ない存在だと信じ込み。

自分は他人を不幸にする者だと考えていた。

ゆえに、他者に盲目的に尽くすことで、自分の価値を作ろうと躍起になっていた。

だが、そんな人として歪《ゆが》んだ盲目的な魂の旅路の果てに。

彼女は、人が支え、支えられる、ごく当たり前の理《ことわり》を知る。

自分は特別なのではなく、最初からその意味も価値も、人の輪の中にすでに存在していたことを知る。

義務ではなく、自己犠牲でもなく、自己満足でもなく、自身の切なる望みとしての〝支える〟を知る。

そして、それは決して複雑なことではない。

ただ〝愛〟と呼ばれる、人を人たらしめる心なのだから。

問題は気付くか、気付かないか。彼女は——気付いた。

それこそが、彼女の《世界》。

彼女は、ついに彼女の《世界》に到達した。

ゆえに——彼女は〝正義の魔法使い〟であった——……

「はぁああああああああああああああああ——ッ！」

〝正義の魔法使い〟が振るう、黄金と銀の鍵が、並みいる天使達の人垣を、時と次元の彼方《かなた》へと追放した——

～～～。


とある老人と、その最愛の孫娘が佇《たたず》む遙《はる》かな空の天空城にて。

二人が夢見て、挑み望んだ天空城から見晴るかす、雄大な空の光景を前にして。

その孫娘——システィーナは、それに背を向けて言った。

「……ごめんなさい、お爺様《じい》。私……もう、行かないと」

いつの間にか、システィーナの姿が変わっていた。

遺跡探索用装備ではない。大いなる風の使徒の証《あかし》、白き《風の外套《がいとう》》を纏《まと》った姿だ。

「私には、歩み向かうべき未来があるの。

そして……私が未来へ向かって歩むその姿を、見ていて欲しい人がいるの」

すると。

「ふふ、大きくなったのう……システィーナ。わしの可愛《かわい》い孫娘よ……」

予感はあったのだろう。

システィーナの祖父——レドルフ＝フィーベルは、特に動揺も困惑もなく、自然とシスティーナの言葉を受け入れていた。

「だというのに、わしは恥ずかしい……死の間際《まぎわ》、後の全てをお前を信じて託したというのに……邪悪なる者の甘言に乗ってしまった……

自らの手で夢を壊し、愛娘《まなむすめ》の生きる未来を壊そうとしてしまった……」

「お爺様……」

「覚えているよ……私が魔王……フェロード＝ベリフだった時のことを。

まるで、半ば眠っているような……夢を見ているような気分だった。

どれだけ他者を犠牲にしても、どれだけ悪いことをしても……

まるで他人事《ひとごと》のようで……まさに悪夢のようだった……

わしは夢に縋《すが》り付《つ》き、夢を見ることで、未来を拒絶し、現実逃避をしていたのだよ」

「……お爺様のせいじゃありません。

　人は誰だって弱いんです。愚かなんです。そんな、誰にだって当たり前のように持ち合わせている弱さにつけ込む者が一番悪いんです。

　それに……私だって、ずっとバカでした」

「……システィーナ？」

　システィーナは遠い空を見上げながら、言った。

「私は、何もわかっていなかった。

　夢を受け継ぎ、追い続ける意味も。魔術師として真理を求める覚悟も。

　私は、何も、何もわかっていなかった。

　真理探究、誇り、崇高なる使命……私は魔術師としての耳心地好《よ》い言葉ばかりに気を取られ、ずっと現実から目を背けていた。

　格好いい、魔術師としての形だけの在り方ばかりに憧れていた子供だった。

　魔術とは、人殺しの側面を持つ恐ろしいもので。

　夢を背負って歩くとは、とても辛《つら》く苦しいことで。

　魔術師として生きるということは、夢に向かって歩き続けるとは、時に奪い、奪われることも許容しなければならない、とても残酷な道。

夢以上に、現実と向き合わなければならないということに」

「…………」

「でも、少なくとも今は違います。

私は全ての現実と向き合い、その現実の重さを背負って、前に進みます。

ひょっとしたら、わかってないことは、まだまだたくさんあるのかもしれないけど……

それでもいいんです。

それらの厳しい現実を、キョロキョロ探し回りながら、未来を目指します。

そして、私は……この世界の未来を作るんです。

そのことを教えてくれた人と共に……私がもう迷わないように……私と同じようにいつも迷っているその人が迷わないように……一緒に未来を目指すんです！」

そんなシスティーナの決意に。

「ふふふ……そうか、システィーナ……あはは……」

レドルフはただ、穏やかに微笑《ほほえ》んだ。

「お前はもう……とっくの昔に、わしを超えていたんだねぇ。

嬉しいのう……本当に、嬉しいのう……

人を捨て……現実から目を背け……未来を捨てたこの罪深いわしが……このような幸せ

を得るなんて……ああ、なるほど、確かに夢じゃなぁ、コレは……」

「お爺様……」

システィーナが愛する祖父の顔を見つめていると。

レドルフがシスティーナの隣に寄り添い、その肩へ優しく手を置く。

「……行きなさい。そして、生きなさい。

お前の現実と戦い、お前の未来に向かって歩きなさい。

私は、お前のような孫娘を持ったことを、心の底から誇りに思うよ……」

「……お爺様……ッ！」

「そして……最後に一つ、言わせて欲しい。

ありがとう、システィーナ。たとえ、これが、お前のどこかにある心の弱さが生み出した、お前の現実を否定するくだらない夢だったとしても……

お前が、心のどこかでこの光景を望んでいてくれて、本当にありがとう」

思わず、システィーナは祖父と共に振り返る。

そこにある雄大な天空の城の偉容と——その背後に広がる無限の空を。

最愛の祖父と共に、それを仰望するという、その奇跡の巡りを。

「本当に……ありがとう、システィーナ……さようなら……」

～～～～。


最初、彼女は《愚者》であった。

人よりも才に恵まれたがゆえに才に溺れ、傲慢となり、それゆえに無知だった。

魔術師として夢を追う、真理を目指す。誇り。使命。

耳心地好《よ》い言葉ばかりを尊び、常に何かを目指しているつもりになっていた。

そう、つ、も、り。

彼女は自分が目指すものが何なのか、何もわかっていなかった。

ふわっとした形の見えないものに、ただただ子供のように無邪気に憧れていた。

だが、そんな目的地の見えない盲目的な魂の旅路の果てに。

彼女は現実を知る。覚悟を得る。

夢という希望に満ちあふれた言葉では括《くく》れない、厳しい真実を受け入れ、それでもなお真理を目指す。未来を創造せんと歩み続ける。

それこそが、彼女の《世界》。

彼女は、ついに彼女の《世界》に到達した。

ゆえに——彼女は〝正義の魔法使い〟であった——……

「先生ぇえええええええええええええええええええええ——ッ！」

〝正義の魔法使い〟が放つ、輝ける大いなる風が嵐となって、並みいる天使達の人垣の悉《ことごと》くを吹き飛ばしていく。

そして——……

——。

——。

「先生ぇえええええええええええええええええええええ——ッ！」

「……ッ⁉」


それは、刹那、那由他の出来事だった。

グレンとジャティスの死闘の天王山。全てを決するその運命の一瞬。

ジャティスの刃が――グレンを貫こうとしていた、その一瞬。

システィーナの放った光の風が。

ルミアの放った黒孔《ブラックホール》が。

リィエルの放った銀色の斬撃が。

ジャティスを直撃――着弾したのである。

だが、ジャティスにさしたるダメージはない。無傷と言っていい。

しかし、ジャティスの身体《からだ》が、その衝撃で微かにブレた。

それによって、グレンへ振るわれたジャティスの刃が空を切る。

それは――あり得ない光景。

グレン以外は、絶対的に干渉できないはずのジャティスへ――システィーナ達が干渉したのだ。

「……なん……だって……ッ⁉」

初めてジャティスの表情が崩れる。
信じられないものを目の当《ま》たり《あ》にして……目が見開かれ、一瞬。
ほんの一瞬だけ、硬直する。
結局、システィーナ達にできたのは、これだけである。この一瞬で全てを出し尽くした
システィーナ達は、もう二度とジャティスに干渉できない。
彼女達の全存在全魔力をかけて、ジャティスにできたのは……ほんの一瞬の間隙《かんげき》。
ほんの一瞬。
されど一瞬。
そして、そんな三人娘達の一撃を、まるで今、ここで来ると、最初からわかっていたと
言わんばかりに——
「ぅ、ぉ、ぉおおおおおおおおおおおおおおおおおおおお——ッ！」
グレンが刀を跳ね上げた。
大上段で受け止めていた、女神の大剣を——押し返し——
そのまま、その女神の腕を——神速で切断する。

その瞬間、世界の時間の流れが緩慢となった。
すでに周囲の時間の流れは滅茶苦茶《めちゃくちゃ》だが、二人の主観時間が確かに緩慢となったのだ。
グレン、ジャティス、両者が——動く。
遙《はる》か上空へ向かって飛翔《ひしょう》するグレン。
遙か下空へ離脱するジャティス。
二つの光の流星が、光の速度で離れ——やがて、互いに反転。
剣を構え、互いを目指して——一直線に突き進む。
ゆっくりと。
……ゆっくりと。
実際には、光速を超えた速度で、互いに迫り来てはいるが——
物理的な速度など、最早《もはや》、この時間の流れが暴走した亜空間において無意味。
ゆっくりと。
……ゆっくりと。
グレンと、ジャティスが——互いに迫る。

グレンは《正しき刃《アール・カーン》》を構えて。
ジャティスは《正すべき刃《アール・カイン》》を構えて。
ゆっくりと。
時の流れの狂った世界で、光の速度を超えて、ゆっくりと——
迫る。
……迫る。
………迫っていって。
そして——
「ジャティスゥウウウウウウウウウウウウウウ——ッ！」
「グゥウウウレェエエエエエンンンンンン——ッ！」
二つの流星が——今、ここに、交錯するのであった——……
——。

──。

──。

「…………」

「…………」

静寂が……辺りを包んでいた。

まるで、それまでの熱く激しい戦いが嘘《うそ》のよう。

億千万の天使達は全て活動を止め、その場に固まっている。

「…………」

「…………」

「…………」

システィーナ、ルミア、リィエルも固まり、その場で微動だにしない。

その三人は……ただ、グレンとジャティスを見つめていた。

グレンとジャティスは、まるで互いに抱き合うような至近距離で、上下に組み合っている。

二人も彫像のように固まり、ただ静寂。沈黙。

まるで時が止まったような、空間がそのまま凍り付いたような。

静寂と停止が、その世界を支配している。

だが、やがて——


「……ゴフッ」


吐血の声が、その静寂と停止の世界を打ち壊した。

吐血の声の主は——ジャティスだった。

ジャティスの突き上げた剣は——グレンの脇の下を浅く斬り裂くに留《とど》まっていた。

だが。

グレンが突き下ろした剣は——ジャティスの胸部の真ん中を、見事貫いていたのだ。

しばらくの間。

そうして、両者は沈黙を続けて。

やがて。

「うーん……どうしてかな？」

ぽつり、と。

ジャティスの呟《つぶや》きが、その血に濡《ぬ》れた口から零《こぼ》れた。

そこには、敗北の悔しさや怒りのようなものは、不思議とまったくなかった。

ただただ、何か見たこともない興味深いものを見つけた子供が、先生に尋ねるような。

そんな……純粋な疑問。

「……どうして……僕は負けたのかな……？」

グレンを見上げるジャティスの目は……どこか、とても澄んでいた。

「いいや、違う。お前は俺に勝っていたよ、悔しいがな」

グレンがぼそりと返す。

「お前の正義は、俺の正義に完全に勝っていた。お前の完全勝利だった。だが……お前には、たった一つだけ間違いがあった。たとえるなら、満点のはずのテストで、解答欄を一個ずらしちまったような……そんな些細《ささい》な、されど致命的な」

「……間違い？」

「ああ。あいつらだ」

グレンがちらりと、システィーナ、ルミア、リィエルを流し見る。

「あいつらが、俺の力であり、道具……お前はそう言っていた。もうその時点で、お前は間違えてたんだよ」

「…………」

「お前は……あいつらの道と正義が、自分が打倒するに値すると、その価値を認めておきながら……俺やお前自身の正義の下にあるものと見ていた」

「……でも、実際そうじゃないか？」

ジャティスが不思議そうに、小首を傾《かし》げて言う。

「事実、僕の【ABSOLUTE JUSTICE《アブソリュートジャスティス》】や、君の【THE FOOL HERO《ジフールヒーロー》】の方が、彼女達の至った神秘より格として上だろう？」

「そうじゃねえんだよ」

グレンは、まるで教え子に教授するように言う。

「俺は……最初に言ったろ？　誰だって〝正義の魔法使い〟になれるんだって」

「…………」

「〝正義の魔法使い〟になるなんて……特別なことじゃねえんだ。

誰だって、なろうと思えば、なれんだよ。

〝正義の魔法使い〟であることが、唯一無二の特別なこと……そう思い込んでいたことが、お前の間違いだ」

「そ、それは……それって……」

ジャティスが震え始める。

「……そうだよ」

グレンが感情の読めない顔で頷《うなず》く。

「俺の正義は、お前に勝てなかった。だが——俺達の正義の勝利だ」

そんなグレンの言葉に。

「……そんな……ということは……そんな……ッ！　僕は……僕はぁ……ッ！」

ジャティスがガタガタと激しく震え始める。

「そんなことって……つまり……つまり――ッ！」

そして、ひとしきり震えて、言葉を詰まらせて……やがて、こう言った。

「それは、つまり――僕の正義が、君の正義に負けたわけじゃない」

とても晴れ晴れとした、穏やかな微笑だった。

「なるほど、そうか……君達《きみ》、か。

なるほどなぁ……それは……勝てない……勝てないなぁ……

それは仕方ない。だけどね、グレン。

僕の正義は――君の正義に勝っていた。間違いなく！　疑いようもなく！

そう、僕は……君に勝ったんだ……ついに、ついに……ッ！　ははは……

あはははは……ッ！　あっはははははははははははははははははははははははは

はははははははははははははははははははは──ッ！」

ジャティスは高笑いしていた。

そこには、負け惜しみも強がりも何一つなかった。

ジャティスは真に自身の勝利を確信し、そして歓喜に打ち震えている。

この世界の誰が、〝勝ったのはグレンであり、負けたのはジャティスだ〟と諭したとしても、それがたとえ神であったとしても、絶対に変わらない。

ジャティスは自身の勝利を、何一つ欠片《かけら》も疑わないことだろう。

それがわかるから、ゆえに──

「お前は、本当に最後までブレないやつだな……無敵かよ」

グレンは呆《あき》れたようにジャティスから刀を引き抜き、離れるのであった。

それを合図としたかのように、

この果ての世界を埋め尽くしていた天使達が、光の粒子と砕けて消えていく。

ジャティスの背後の女神が……消えていく。

ジャティス＝ロウファンが──滅びる。

そう、今、滅びるのである。

「先生！」

「先生ッ！」

「グレン！」

と、その時。システィーナ、ルミア、リィエルがグレンの下へ駆けつける。

グレンの左右に立ち並び、油断なくジャティスを見据え、身構える。

今にもジャティスに向かって飛びかからんばかりの気勢の少女達を、しかし、グレンは手で制する。

そして、静かにジャティスへ問う。

「神殺しの刃でお前を貫いた。お前はもう、確実に、完膚なきまでに滅ぶ。

何か……言い残すことはあるか？」

すると、ジャティスが、に、と笑って答えた。

「そうだね……色々と言いたいことはあるんだけど……まずはこれかな？

〝おめでとう、グレン〟」

ぱちぱちぱち……手を叩《たた》くジャティスの口を突いて出たのは、祝福の言葉だった。

「君は……ようやくこれで、全てのスタートラインに立ったんだ。

君は……これから始まるんだ……また、再び、ね」

「……？　何を……言ってる？」

「わかるさ。すぐに」

くっくっと。ジャティスが笑う。

そんなジャティスの存在は……すでに崩れ始めている。

指先から、足先から、徐々に光の粒子と化して、砕けていっている。

「でもね……安心すると良《い》い。今回はきっと何かが違う。違うんだよ、グレン……なぜなら……この僕が、こうして、今、君の目の前に立っているから」

「……？」

意味がわからない。

ただ、宿敵の最後の言葉に耳を傾け続けるしかない。

すると。

「……システィーナ。うん……やっぱり、君がいいな。君ならきっと……」

ジャティスが、突然、システィーナへ目を向けた。

いきなり視線を向けられ、システィーナが警戒して身構えるが……

「大丈夫だって、僕はもう滅びるから。だけど、そんなどうでもいいことよりもさ」

システィーナへ向かって、ジャティスが何かを放り投げた。

「なっ⁉」

突然のことだったので、それをつい受け取ってしまうシスティーナ。

手の中のものを恐る恐る見つめてみると……

「こ、これって……？」

「そう……【輝ける偏四角多面体《トラペゾヘドロン》】。かの魔王フェロードが作り上げ……それに、僕が大図書館の知識で手を加えたものさ。

かの【Aの奥義書《おうぎ》】と同じく、人の手によって生み出された一種の人工禁忌教典《アカシックレコード》とも呼べるそれは、まだまだ未完成だが……君にあげるよ。上手《うま》く使うと良い」

「つ、使うって……こんなもの、一体、どうやって⁉　そもそも、これを何に使えっていうわけ⁉」

「それもいずれわかるさ」

どこまでも意味深げなことしか言わないジャティス。

そして。

その【輝ける偏四角多面体《トラペゾヘドロン》】をシスティーナへと譲渡したら。

まるで、自身の仕事は全て終わった……そう言わんばかりに。

「ふぅ～～～～～～～～～～……」

ジャティスが深く、満足げに息を吐いた。どこか清々《すがすが》しささえ感じさせる呼吸。

そして、遙《はる》かなる星空を見上げる。まるで子供のように澄んだ目で。

「終わりか……そうか……これで、全部終わったんだ……グレン……君にとっては始まりだろうけど……僕の物語はここまでだ……本当に長かったなぁ……」

「……ジャティス」

「グレン……僕は君に勝った。

今の君には、ただの負け惜しみにしか聞こえないだろうけどね……やがて、君は理解する。僕は勝ったんだよ、君に……そして、運命に」

「………」

「まぁ……結末は、望む形とちょっと違ったけどね。

本当は……僕が〝君〟に成りたかった」

「………」

「でも、まぁ……上出来だ。何も悔いはない。

この結末は些細《ささい》な誤差さ。なにせ……こうして、ここで、君の前に立った時点で……僕は、すでに最初から勝利していたんだ……全てに」

ジャティスが、ちらりとシスティーナを見る。

「だから、僕は……満足さ」

〝死《し》に際《ぎわ》の戯《ざ》れ言《ごと》〟。〝死にゆく者の自棄《やけ》っぱちな妄言〟。〝ただの負け惜しみ〟。

ジャティスの言葉を、そう斬って捨てるのは容易《たやす》い。

だが――聞く者にそうさせない何かがある。

何か奇妙な真実味がある――

グレン達が一体、どう返していいかわからないでいると。

「ははは……」

ジャティスが……

「あはははは……はははははは……」

まるで堪《こら》えきれないとばかりに。

満足げに、歓喜に打ち震えながら――笑い始めた。

「あはははははははははははははははははははは

ははははははははは――ッ！　あーっはははははははははははははははは！　ははははははははは――ッ！　はははははははははははははははははははは――」

そんな哄笑《こうしょう》と共に。

ジャティスという存在は……消滅していく。

光の粒子と砕けて、消えて逝《ゆ》く。

それが――帝国を揺るがし、世界を震撼《しんかん》させ、魔王をも出し抜き、人類史上、ありとあらゆる魔術師が至れなかった最高の高みに到達した、稀代《きたい》の魔術師。

狂える正義、ジャティス＝ロウファンの最期だった――……

# エンディング

――それは、何の前触れもない、あまりにも唐突な幕切れだった。

全人類の総軍と、強大なる信仰兵器の〝主根〟、それを守る地を埋め尽くさんばかりの大量の〝根毛〟がぶつかり合っていた、冒瀆《ぼうとく》の地ミラーノにて。

一進一退の攻防を繰り広げ、壮絶なる消耗戦を繰り広げ続けて。

これ以上の戦線維持は、たとえアルザーノ帝国軍総司令官イヴ＝イグナイトの手腕をもってしても不可能――そんな状況まで、人類軍が追い詰められつつあった――

――まさに、その時だった。

カッ！

突然、遙か頭上にのし掛かるように存在していた天空城が、真っ赤に灼《や》けるような光を上げて、壮絶に輝き始めたのだ。

「な、何事⁉」

思わずイヴは、指揮することも忘れ、空を見上げる。

その場に居合わせた兵士達の誰もが戦いを忘れ、空を見上げる。

戦場に伝播《でんぱ》していく困惑と動揺。

そうしている間にも、真っ赤な光は強まって……強まって……

やがて、とある一点を境に、ゆっくりと収まっていく。

そして、光の収まりと共に……天空城の姿も、ゆっくりと消えていく。

まるで夢か幻かのように。

最初からそんなもの、どこにも存在していなかったかのように——

「……て、天空城が……消えた……？」

一体、どういうことなのかとイヴが戸惑っていると。

「ほ、報告します！」

伝令の魔導兵が息せき切って、イヴの下へと駆けつけてくる。

「あ、あの……我々の攻撃目標であった〝主根〟と、それを守る〝根毛〟達が……突然、その活動を停止し、徐々に自壊を始めました……ッ！」

「なんですって⁉」

イヴがその伝令兵を置き去りにして駆け出し、崖の上から戦場を見渡す。

遠見の魔術を起動し、眼下に広がる広大な戦場を凝視する。

相も変わらず、うんざりするほど大量の〝根毛〟が、戦場を絨毯《じゅうたん》のように、地平線の果てまで埋め尽くしており、その中心にはまるで雲を衝《つ》く巨人のように巨大な、冒瀆的で悍《おぞ》ましき肉の〝主根〟が、天に向かって聳《そび》え合っている。

……が。

「ほ、本当だわ……自壊……していく……どうして……？」

イヴは呆気《あっけ》に取《と》られて、その光景を見つめていた。

崩れていく。

……崩れていく。

あれほど、冒瀆的で悍ましい、人類の絶望的な破滅の暗示が。

少しずつ、ボロボロと崩れていく。

崩れた端から、黒い霧のようなものに分解されて、消えていく……

「イヴ元帥！　他にも報告が……ッ！」

「今、各地から連絡がありました！　世界各国でそれぞれ対処にあたっている〝側根〟達も、時を同じくして活動停止！　自壊を始めたそうです！」

「さらに、世界各国の空に浮かんでいた天空城の幻も、同時に消えたと！」

「例外的に、フェジテの空だけには、変わらずまだ浮かんでいるようですが！」

そのような報告を、次々と背中で受けながら。

それでも、イヴは信じられないと言わんばかりの呆《ほう》けた顔で、眼下の有様《ありさま》を眺め続ける……

「……何、ぼうっとしてるのよ」

そんなイヴへ、隣に立ったイリアが投げやりに言った。

「早く次の指示、出しなさいよ、イヴ＝イグナイト元帥様。

なんでこうなったかなんて……そんなの、もうわかりきっているでしょ？

どうせ、貴女《あなた》の愛《いと》しの英雄様が、お空の戦いでいつものように上手くやったんでしょ」

「だっ⁉ 誰が誰の愛しの英雄様よ⁉ ぐ、グレンはただの、私の部下――」

「別に、グレンなんて言ってないし。あの三人の小娘達もいるじゃん」

ニヒルな薄ら笑いを零《こぼ》して、煽《あお》るような目を向けてくるイリア。

イヴは心底張り倒してやりたいと思ったが、確かに今はそれどころではない。

拳をぶるぶる震わせながら怒りを堪《こら》え、イヴは自分がすべき次なる行動へと意識を向け、さっそく部下達に指示を飛ばす。

各地の被害状況の確認、負傷兵の回収、各国の軍との折衝……帝国の総司令官として、やるべきことは山のようにある。

だが、その最中。

ふと、イヴは空を見上げ——今は、もう天空城の姿は影も形もないが——ぼそりとこう呟《つぶや》くのであった。

「……全部、終わったのね……帰ってくるのね、グレン……」

イリアは、とても優しい瞳を空に向けるイヴの姿を流し見て、やれやれお腹《なか》いっぱい、とばかりに肩を竦《すく》めるのであった。

——。

「…………」

メルガリウスの天空城最深部。果ての世界の地にて。

今、その場は沈黙が支配していた。

無限の宇宙空間のような世界に、ただ一本聳え立つ大きな樹の下で。

グレン達は微動だにせず、沈黙を保っている。

……やがて。

「お、終わったの……？」

ぼそり、と。システィーナが呟いた。

それを切欠《きっかけ》に、これまで止まっていた時が再び動き出したかのように。

「ああ、終わったぜ。全部……終わった」

グレンが、ぼそりと頷《うなず》き返す。

「私達……勝った……んですよね……？」

「ああ、俺達は勝った」

不安げに聞いてくるルミアに、グレンがそう呟き返す。

「……ん。わたし達……もう帰れるの？」

「ああ、帰ろうぜ」

いつものようにキョトンとそう聞いてくるリィエルに、グレンが微笑《ほほえ》み返す。

「………」

「…………」

「…………」

それでも、三人の少女達はしばらく微動だにせず、沈黙を保ち続け。

やがて。

「やったぁああああああああああああああ――ッ！」

「やったね、システィ！　やったね、リィエル！」

「ん。……ん」

三人の少女達は抱き合って、大喜びし始めるのであった。

歓喜のあまり涙すら浮かべるシスティーナとルミア。

あの能面のリィエルですら、満面の笑みであった。

「……ははは」

世界を救った英雄になったのに、そんな年相応の姿の少女達に、グレンが笑う。

……と、その時だった。

「ん？　ナムルス？　……どこ行った？」

ふと、グレンが気付き、辺りを見回す。

妖精サイズの少女──《時の天使》《ラ゠ティリカ》たるナムルスの姿が、どこにも見当たらなかった。

「えっ？　ナムルス……？」

「そ、そういえば……」

我に返り、システィーナとルミアも、キョロキョロとその姿を捜し始める。

「ナムルス！　ちょっと！　どこへ行ったのよ⁉」

「あの……出てきてくれませんか？」

「そうよ、もう全部終わったのよ⁉」

だが──反応は、ない。

その時、システィーナとルミアは、何か猛烈に嫌な予感に駆られた。

「ナムルス！　ナムルス！」

「お願い！　返事をして！　ナムルスさん！」

と、システィーナとルミアが焦燥を浮かべ、声を張り上げて、ナムルスの行方を捜し始めると。

「……うるさいわね、私ならここいるわよ」

不意に声がした。

システィーナとルミアが弾《はじ》かれたように振り返れば。

大樹の大きな根の陰に隠れるように——ナムルスの姿があった。

「あ、あれ……？　ナムルス……？」

「その姿は……？」

目を瞬《しばたた》かせる二人。

なぜか、ナムルスの姿が変化していた。

手乗り妖精サイズではない。元の等身大の少女の姿に戻っている。

だが、そんなことがどうでもよくなるくらい、異常なことがあった。

半透明の幻影ではない。今のナムルスには実体が……肉の身体《からだ》が存在していた。

「あ、あれ？　ナムルス……？　ど、どうしたの？　その身体《からだ》……」

システィーナとルミアが目を瞬かせていると。

「……別に」

ナムルスがそっぽを向いて、どこか不機嫌そうに説明を始めた。

「ジャティスという存在が消滅したことで、その身に取り込まれていた愚妹の……レ＝フアリアの本質が解放されたわ。

摂理の円環に呑《の》み込まれて消え逝《ゆ》くそれを、私は回収して合一を果たしただけ。

元々、私達は一つを二つに分けられた存在。二人で一つの神性《天空の双生児《タウム》》。

あるべき元の形に戻ったら……なんか受肉する余裕まで、できちゃっただけよ」

「そ、そうなの⁉　そういうもんなの⁉」

「お、脅《おど》かさないでよ、ナムルスさん……私、ナムルスさんがいなくなっちゃったかと思ったよ……」

驚きと安堵《あんど》に胸をなで下ろすシスティーナとルミアだったが。

「いや、それはねーだろ。契約による霊的な絆《きずな》で、ナムルスの存在自体は感じてたし」

「ん。わたしは、最初からナムルス、そこにいると気付いてた。……勘だけど」

「そっ、そういうことは早く言いなさいよね⁉　そういうことはっ！」

しれっとそんなことを言うグレンとリィエルへ、システィーナが、ふかーっ！　と食ってかかる。

「ていうか、ナムルスも！　なぁんで隠れてたのよ⁉　呼んだらすぐ返事しなさいよねっ！　もうっ！」

すると、ナムルスがぼそりと何事かを呟いた。

「うるさいわね……私だって、まさかこの土壇場《どたんば》で、こんな方法でこの現世に留《とど》まることができるなんて思わなかったのよ……別に、私はどっちでも良かったんだけど……留まれるなら……まぁ……うん……」

「……えっ？　何か言った？」

「別に」

ぷいっとシスティーナから顔を背け、ナムルスはグレンへ向き直る。

「ま、いいわ。というわけで、グレン。もうしばらく、貴方《あなた》に付き合ってあげるわ。精々感謝なさい」

いつも通り、ナムルスの言葉はどこか突き放すように冷たいが。

システィーナとルミアは、なんだか言葉の端々がどこか嬉《うれ》しそうだな……と思った。

（あれ？　でもこれって要するに……また、ライバルが増えたのでは？）

受肉して実体を得たナムルスに、システィーナが一抹の不安を覚えていると。

「とにかく、だ。俺達の冒険はこれで全部終わったんだ。なぁんか、色々と煮えきらないところは多いけどな」

グレンがポンと、システィーナの肩を叩《たた》く。

と、その時だった。

ごごごごご……と辺りが鳴動し、空間そのものに亀裂が入り始めた。

今、この天空城の存在を括《くく》っていた魔王の術式が全て消え、ついに天空城が崩壊を始めたのだ。

「おっと、お約束が来やがったか。長居は無用のようだな」

「そうね、急がないと」

「ああ。後は……マリアのやつを救出して、帰ろうぜ」

そう言って大樹を見上げると。

「…………」

そこには、最後の戦いの当初からそうだったように。

その幹の部分に下半身を埋め込まれるようにして囚《とら》われているマリアの姿があった。

マリアは、そこで静かに眠っている。

「ったく、俺達は世界の命運をかけて必死こいて戦ってたってのに、呑気《のんき》なやつ」

「マリア……あはは、久しぶり……魔術祭典の時、以来ね……」

システィーナは、そのマリアを感慨深そうに見上げた。

マリア＝ルーテル。アルザーノ帝国魔術学院の一年次生。システィーナ達の後輩。

先の魔術祭典では帝国代表選手に選ばれ、システィーナと共に世界を舞台に戦った。

そして——彼女は《無垢《むく》なる闇の巫女《みこ》》。

外宇宙のとある邪神の眷属《けんぞく》を、信仰兵器としてこの世界に召喚するための媒体——

グレンは、そのマリアを見上げる。

不意に、以前のマリアの言葉が思い出される。

〝ところで、先生！　ちゃんと先生が課したノルマは達成したんです！　私の言うことを一つ聞いてくれる約束でしたよね⁉　ね⁉〟

〝私がどんなお願いをするのか……ふふ、楽しみにしていてくださいね！〟

「…………」

マリアとの日々に思いを馳《は》せながら、グレンは大樹へ歩み寄っていく。

時間的には、ほんの一、二ヶ月前の話だが……今となっては、もう遥《はる》か遠《とお》く懐《なつ》かしい——随分と大昔の話のようだ。

〝や、やだぁ！　助けてください、先生ぇ！〟


あの日、マリアが掠《さら》われていった情景が思い浮かぶ。

涙目で、必死にグレンへ向かって手を伸ばしていた、マリアの姿が。

それから色んな因果が巡り巡って重なって、こんな所まで来てしまった。

マリア゠ルーテル。

実に馴《な》れ馴れしくて、鬱陶しいが、元気いっぱいで前向きで、一緒にいると自然と周囲が笑顔になる……そんな少女だ。

決して、こんな人類の命運を左右するような場所にいてよい子ではない。

「……色々と遅くなっちまったが……約束、果たしに来たぜ。

お前も、俺達と一緒に帰ろう……」

そう呟《つぶや》いて、グレンがマリアを大樹の縛《いまし》めから解放しようと。

その幹に手を触れた……その時だった。


ドクン！

その時、グレンが手に感じた感触は——未来永劫《えいごう》忘れることはないだろう。

それは、不快感。

この世界にましますありとあらゆる不快な感覚を、どす黒く煮詰めたような。

それは、負の感情。

憎悪《ぞうお》。嫉妬。嫌悪《けんお》。苦痛。悲哀。絶望。恐怖。無力感。虚無感。不安。後悔。罪悪感。侮蔑。陰湿。堕落。猜疑《さいぎ》心。虚偽。虚飾。嘘《うそ》。背信。欺瞞《ぎまん》。狡猾《こうかつ》。冷酷。不信。強欲——

この世界に存在する、あらゆる負の感情を地獄の釜で煮詰めたような。

それは、混沌《こんとん》。

この世界に存在する、ありとあらゆる事象と概念を煮詰めることで、黒となった深遠の黒き闇のような。

それらが物理的感覚となって、グレンの手に伝わってきたのだ。


「～～～～ッ⁉」

一瞬で手が腐り落ちてしまったかのような感覚を覚え、グレンは慌てて大樹から手を離す。手がちゃんと無事についているかどうか、思わず確認してしまう。

心臓が破れんばかりに悲鳴を上げ、全身を嫌な脂汗が滝のように伝っていた。

「せ、先生……？」

「ど、どうしたんですか……ッ⁉」

システィーナとルミアが問いかけるまでもなく。

それは──唐突に始まった。

空が墜《お》ちてくる。

闇が降りてくる。

そして、マリアを中心に高まっていく、吐き気を催すほど強大な魔力と邪悪なる神気。

鎌首をもたげる悪意。

大樹が。美しい星々で象《かたど》られた大樹が、みるみる腐り落ちていく。

質感が変わり、悍《おぞ》ましき冒瀆《ぼうとく》的な肉の根へと変わっていく。

それらが眠るマリアの身体に集まり取り込まれていく、暴食されていく。

「な、な……何が……ッ⁉　一体、何が……起きて……ッ⁉」

深く考えるまでもなく、何か取り返しのつかない事態が起きている。

システィーナが、ルミアが、リィエルが震える。震えるしかない。

これほどまでの高みに到達した少女達が、ジャティスに対してすら毅然《きぜん》と立ち向かった少女達が……今、為《な》す術《すべ》もなく、赤子のように怯《おび》えている。

闇が、深まる。

闇が、闇が、闇が、濃縮され、ただひたすらに、底なしに深まっていく。

それは――まさに深遠そのもの。


「嘘《うそ》よ……そんな……そんなバカなこと……ッ！

あるわけない……あっていいわけないいじゃない……ッ！　なんで⁉」


ナムルスですら、総身を震わせる恐怖と絶望を抑えきれない。

やがて――そいつは、マリアの身体《からだ》を依《よ》り代《しろ》に、この世界へ降りてきた。

否――最初から、そいつはすでにこの世界に居たのかもしれない。

果ての世界を埋め尽くす冒瀆的な闇が、一人の少女の形に凝縮される。

闇が晴れ、視界が晴れる。

そこには、マリアと呼ばれた少女の姿をしたナニカが、微笑を浮かべて佇《たたず》んでいた。

その日。その時。その場所で。

彼らは、神威《かむい》と対峙《たいじ》した。

いとも、大いなる——

いとも、邪悪なる——

いとも、威力ある——

げに——悍ましき。

『こんにちは、皆さん』

世界のあらゆる汚音と不快音を煮詰めたような、悍ましき怪音。

それでいて、この世界の至高の楽器と演奏家達をより集めて、神域の楽曲を合奏させたかのような美音。

相反する概念が矛盾なく混在調和するその声は、聞いているだけで正気が削れ、魂が崩壊していくような、音の形をした猛毒だった。

確かに、そのナニカは、一応人の形をしている。

一見、可憐《かれん》で可愛《かわい》らしい、一糸纏《まと》わぬ少女だ。

一見、システィーナ達の可愛い後輩、マリアそのものだ。

だが、その本質はまるで違う。詐欺だ。

その全身に纏うあまりにも濃すぎる闇が、マリアの姿形を見る者へ視認させない。

視認できないのに、姿形がわかってしまうその矛盾に、今にも気が狂いそうだ。

そして、霊的な視覚でその本質を覗《のぞ》き込めば――どこまでも奈落のように広がる、底が見えぬほど深き深淵《しんえん》。

この世のありとあらゆる〝邪悪なる〟を集め、煮詰めたような混沌。

それはまさに、人の形をした深淵の底の底。

万千の色彩と混沌が織りなす、純粋にして――〝無垢なる闇〟であった。


「《無垢なる闇》……本体……ッ⁉

そんなバカな、そんなバカな、そんなバカな……ッ！」

ナムルスが壊れた蓄音機のように呆然《ぼうぜん》と同じ言葉を繰り返し始める。

「…………………………………………」

「…………………………………………」

「…………………………………………」

ぺたん。システィーナ、ルミア、リィエルは言葉もなく、呆《ほう》けた顔で、その場に尻や膝をついた。

なまじ、人としての最高クラスの高みへ到達してしまったがゆえに——彼女達には、理解できてしまったのだ。

絶　望。

あのナニカの前には、その二文字しかないことが。

それを演出する他の言葉で飾り立てる必要は、何一つないということが。

彼女達にとって、こんな気分は初めてだった。

今までどんな強敵を相手にしても、恐怖や絶望に震えつつも、負けるものかという勇気と闘志が奥底にあった。

足りない時は、グレンがそれをくれた。

ジャティスと戦った時すら――それはあった。

なのに……今は、欠片《かけら》も勇気と闘志が湧いてこなかった。

グレンが傍《そば》に居たところで、どうしようもなかった。何の足しにもならなかった。

アレと戦う気なんて、微塵《みじん》も起きない。立ち向かうなんて論外だ。

たった一目見ただけで、システィーナ達の心は、完全に折れてしまったのである。

『うふふっ！　そんなにビビらないでくださいよ、先輩達！　わざわざ、先輩達の正気を壊さないように、先輩達でも理解できる姿形を取ってあげてるんですから！

親しみやすいよう、口調もこうして元の依り代に合わせてるんですし！』

「…………」

「…………」

「…………」

システィーナ、ルミア、リィエルは何も言わない。何も言えない。何も考えない。

聞こえているけど、聞こえていない。
それほどまでに──そのナニカ──《無垢《むく》なる闇》は。
圧倒的に、桁違いに、〝神〟だった。

「…………」

ただ、グレンだけが《無垢なる闇》を見据えている。
〝我、神を斬獲せし者〟が刻まれた《正しき刃《アール・カーン》》を握りしめて。
《無垢なる闇》を、無言で真《ま》っ直《す》ぐ見据えている。
すると、そんなグレンに気付いた《無垢なる闇》が、にっこりと奈落の底のような笑みを浮かべた。
『また会いましたね……私の愛《いと》しい愛しい貴方《あなた》……グレン』
「…………」
グレンは無言。
『ううん、ちゃんとこう呼ぼうかなっ！
グレン＝レーダス──人でありながら、神の域に到達した人間。人の神。

この多次元連立並行宇宙世界に住まう、全ての人間達の希望にして守護神。

旧神《エルダー・ゴッド》《神を斬獲せし者》──ってね』

「………………」

グレンは無言。

『今回もまた、こうして貴方に無事会えて、ほっとしてますよ……

だって、なんか、今回、色々と展開の毛色が違いましたからねぇ！

でも、それでもこうして私と貴方が出会えるなんて、やっぱり私達、運命ですね！

そうですよね⁉』

そんな《無垢なる闇》の言葉に。

ここで、初めてグレンは──何か悟りを得たように、こう短く答えた。

「……ああ、そうだな」

その場の誰も、意味がわからなかった。

「どういうことよ⁉　一体、これはどういうこと⁉」

その時、いち早く衝撃から立ち直ったナムルスが、《無垢なる闇》へ食ってかかる。

「グレンが旧神《エルダー・ゴッド》⁉　何それ⁉　何言ってるの⁉　そもそも、なんで貴女《あなた》がこの世界に来るの⁉　一体、どうして⁉」

『どうしてって、そんなの決まってるじゃない？　そうと決まっていたから！』

《無垢なる闇》は、からっと愉《たの》しげに答える。

『私の眷属《けんぞく》を招致する血を使って、こぉんな儀式なんかしちゃってさぁ？　私にこの世界を滅ぼしてくださいって、言ってるようなものじゃないですかぁ⁉

高須九郎とパウエルは、上手《うま》く私を出し抜こうとしたみたいだけど、そんなの無理無理カタツムリ！　あの二人ごときが、私を出し抜けるわけないですぅ！

もう面白すぎてへそがお茶沸かしますけど！

この世界であの二人が手を組んで！　この儀式を計画に組み込んだ時点で！

私がこの世界に降臨するのは遅かれ早かれ運命の定め、必然の流れなのです！

二人とも、私を恐れての、私をなんとかしようと思っての行動だったのに！　それが私を呼び寄せることになるなんて、ああ、皮肉！　ああ滑稽！　ああ茶番！

まぁ、もっとも、今回の私の登場、なぜかいつもと違って、時期的に妙に早かったですけど、なんでかな⁉　まぁいっか！　たまにはこんなイレギュラーあるよね！』

「何を……何を言ってるわけ⁉　《無垢なる闇》！」

同じ外宇宙の邪神《天空の双生児《タウム》》たるナムルスですら、《無垢なる闇》の言っている意味が何一つ理解できない。

『貴女に説明する気なんかありませーん！　だって貴女ごとき、意味ないし！

そんなことより、私がこの世界に現れた意味わかるよねっ⁉

さぁて、これからこの世界をどうしようかな⁉　今回はどう愉しもうか！　どう踊らせようか⁉　どう壊しちゃおうか⁉　きゃっはははははははは！』

「〜〜〜ッ⁉」

ナムルスが歯が砕けんばかりに歯がみする。かつて、自分の生まれた世界が《無垢なる闇》によって、いかなる末路を迎えたかを思い出す。

そして、弾《はじ》かれたように、システィーナ達を振り返って絶叫した。

「システィーナ！　ルミア！　リィエル！　立ちなさい！

この《無垢なる闇》は、人間を弄び、人間が苦痛と絶望にのたうち回る様を見て愉しみ、その世界を滅茶苦茶《めちゃくちゃ》にして、完膚なきまでに滅ぼすことだけが存在理由のクソ神なの！

そこに目的も理由もない！　最初からそういう存在なの！」

『あははっ！　酷《ひど》い言い草ぁ！　私は私なりのやり方で、神として貴女達人間を愛してあげてるだけなのにさぁ！　あはっはははははははははは――っ！』

「皆《みんな》、立ちなさい！　立って！　立って戦うのよ！　今、ここで、こいつをなんとかしないと……私達の大切な世界が滅んでしまうのよ⁉　お願い！　立って！」

だが。

「……う、……ぁ……」

「…………ぁ……」

「……、…………」

何も言葉を発さない。まったく動かない。

システィーナも、ルミアも、リィエルも。

ただ蹲《うずくま》って過呼吸を繰り返し、怯《おび》えて、震えて、呆然としているだけだった。

「み、皆……ッ！」

『あらあら？　皆、完全に心がブチ折れちゃってますね～っ⁉

でも、あんま関係ないけどね！　万全の状態でも、私の指先で一蹴されるほど力の差があるのに、ましてや高須九郎との戦いで精も根も尽き果てた今じゃあねぇ⁉

……ん？　アレ？　あっ！　そうか！　いつもこの場所で行われてた貴女達の最終決戦の相手は、今回は魔王・高須九郎じゃなくって、ジャティス＝ロウファンとかいうすっごく面白い人だったんだっけ⁉

ごめんごめん！　こんな展開、初めてだからつい間違えちゃった、テヘペローっ♪』

どこまでも道化のようにおどけるマリアの姿をした《無垢なる闇》に。

「だから、貴女は一体、何を言ってるの⁉　今回⁉　一体なんなのよ、それ⁉」

ナムルスが激怒して食ってかかる。

『うるさいなぁ、迷子の迷子の《戦天使《ヴァルキリー》》。貴女なんて、どうせ《神を斬獲せし者》のパシリなんだから、色々深く考えないで、自分の役割を滑稽に踊ってればいいんですってばぁ！

まぁ、パシリのくせに主様の手助け、何もできないクソの役立たずですけどねー？　この無限の分枝《ぶんし》世界を、永遠に一人で主様捜して、犬ころのように彷徨《さまよ》ってろって感じですぅ！　きゃっはははははははははははははははは──ッ！』

「ヴァ、《戦天使《ヴァルキリー》》……？　は……？　いや、私は《天空の双生児《タウム》》……」

『ああもうっ！　もうこれだから存在視座の低い格下の低級神は……説明が面倒だからツッコミ禁止！　どうせ後でわかるから！』

んべーっと、人を小馬鹿にするように舌を出し、一方的に話を打ち切る《無垢なる闇》であった。

と、その時。

「……さ、させないわ……《無垢なる闇》……」

「わ、私達の世界に……手出しは……させません……」

「…………ん、…………ん……」

ようやく精神的ショックから辛《かろ》うじて立ち直ったシスティーナ、ルミア、リィエルが、ふらふらと力なく立ち上がる。

それぞれ気丈に身構えるが……顔は真っ青で、魔力は完全枯渇《こかつ》状態。恐怖と絶望で全身が瘧《おこり》のようにガクガク震えている。

立ち上がったはいいが、三人ともまったく戦える状態ではなかった。

この場で《無垢なる闇》と戦っても……勝敗は火を見るよりも明らかだ。

霊的な視覚で見なくてもわかる。

存在が、格が、違いすぎる……

(駄目……こんなの……こんなの勝てるわけない……ッ!)

ナムルスが、それまでの長き時の旅の中でも感じたことがないほどの絶望に、頭を抱えて目を瞑《つぶ》る。

(終わりだわ！　ここまで皆で散々頑張っていたのに！　こんな、こんなあんまりにも理不尽な終わり方……こんな事故みたいな終わり方ってある⁉)

と、その時だった。

「あ、大丈夫ですよっ！　皆！」

《無垢なる闇》が、からから笑いながら言った。

「実は私、この時点では、この世界に手出しできませんから！」

「えっ？」

『だって、この世界の物語はもう終わったんですよ⁉

魔王・高須九郎……あ、今回は、なぜかジャティスさんでしたっけ？

彼との最終決戦を無事終えて、貴女達のこの世界の物語は、ジ・エンドなんです！

実は今、もう、とっくにエンディングに入ってるんですよぉ⁉

だから、安心してくださいって！』

「だから、一体、何を――……」

『そう、これから始まるのは……この世界の物語じゃない。

私と……愛しい彼の物語なんですから！』

と、闇に朱を引くような奈落の笑みを、《無垢なる闇》が浮かべた時だった。

バッキィイイイイイイン！

空間に、亀裂が走るような音が盛大に響いた。

否、実際に空間に亀裂が走ったのだ。

グレンが《正しき刃《アール・カーン》》を振るい──この次元に断層を作ったのである。

その断層は、グレンと《無垢《むく》なる闇》のいる空間と、システィーナ達のいる世界次元の間を、見事に分断していた。元々この場が崩壊しかけていたから可能な業だった。

「……グレン⁉」

「先生⁉」

「ぉおおおおおおおおおおおおおおおおおおおお──ッ！」

断絶された次元の向こう側で、グレンが《無垢なる闇》へ、刀を腰だめに構えて突進を仕掛けた。

ドズゥン！

グレンの刃が《無垢なる闇》の胸部を貫き、二人が至近距離で睨《にら》み合《あ》う。

『ううん、痛ぁい♥』

だが、神殺しの刃を受けてなお《無垢なる闇》は余裕だった。

『これこれ！　やっぱ、私と愛《いと》しい貴方《あなた》の物語の始まりはコレだよねぇ？

貴方のたくましい剣が私の大事な場所を貫いて……コレだけは、いつもいつも毎回毎回変わらない……ああ、とってもいいですぅ♥』

「黙りやがれ！　マリアの身体《からだ》を返せよ、ド畜生が！」

そんなやり取りをしているグレンへ。

「グレン⁉　貴方、一体、どういうつもり⁉」

ナムルスが悲痛な声で叫ぶ。

「決まってるだろうがッ！　こいつを俺と一緒に、この世界の次元から切り離し、この次元樹から追放すんだよッ！　今はもう、それしか方法がねぇッ！」

「……ッ⁉」

「大丈夫だ、任せろ！　俺とこいつがどこへ流れ着くかわからねーが……俺は、こいつを地獄の果てまで追いかけて、いつか、絶対倒すッ！

この世界には……お前らの世界には、指一本触れさせねえ……ッ！」

そんなグレンの叫びに。

ナムルスが、火がついたように絶叫した。

「何を考えてるの、グレン！

そんなことをしたら……貴方、二度とこの世界に戻ってこられないわよ⁉」

「「⁉」」

ナムルスの叫びに、システィーナ達が目を剝《む》いた。

「一体、この全宇宙にどれだけの数の並行世界が！　異世界が！　時間軸が！　世界線が存在していると思っているの⁉

この次元樹分枝宇宙が、どれだけ広大だと思ってるの⁉

この宇宙は、貴方が思っている以上に複雑怪奇で膨大なのよ⁉

そんな所を、そんな風に何の目印もなく漂流すれば……貴方は、二度とこの世界のこの時代には帰れない！

この私ですら……一度、そんな広大な時間世界の海で貴方を見失ってしまったら……契約関係にあっても、二度と貴方を見つけることなんてできないわ！

駄目よ、グレン⁉　それだけは……それだけは駄目！」

「そ、そうですよ、先生！　そんなの駄目ですよ⁉」

「ん！　グレン、駄目！」

「先生、やめてください！　きっとまだ他に方法が……ッ！」

慌ててシスティーナ達が、グレンの作った断絶空間の端に取りすがる。

だが、何もできない。

少女達の見ている前で、グレンと《無垢なる闇》を内包する切り離された空間が、ゆっくりと、ゆっくりと遠ざかっていく。

天空城崩壊の余波に押し流されながら、無限の彼方《かなた》、虚空《こくう》の果てに向かって、グレンが遠ざかっていく――

「ルミア！　お願い！　貴女《あなた》の権能でなんとかして！」

「む、無理だよ……もう……力が……」

「リィエル は⁉」

「…………ぅ……ご、ごめん……」

「ぁ、ぁあああああああああ――ッ！　風よ！　お願い、私！　私から何を持っていってもいいから！　だから、風よ！　風よぉおおおお――ッ！」

システィーナが泣き叫びながら足掻《あが》くが、どうしようもない。

もうこれ以上の魔術や能力の行使なんて、すでに限界を超えて消耗している彼女達には絶望的に不可能であった。

「げほっ、ごほっ……うぅ……そ、そんな……嘘《うそ》……嘘でしょ……先生……」

最早《もはや》、少女達は泣きながら、遠ざかるグレンを呆然《ぼうぜん》と見送るしかない……

と、その時だった。

「主様《マスター》ッ！」

ナムルスが叫んでいた。

「良《い》いわよ！　わかった！

それが貴方の選択で、それが貴方の運命で、それが貴方の覚悟だというなら！

だったら、せめて……私が貴方の隣にいてあげる！

私が地獄の底まで、世界の果てまで、最後の最後まで、貴方に付き合ってあげる！

だから、せめて、私だけでも連れていきなさい！

貴方は私の契約者であり、主様《マスター》ッ！　まだ間に合うから！　貴方が召喚すれば、今なら

その断絶した空間を超えて、私は辛うじてそっちへ行けるから！

だから――ッ！　お願い！　グレン！　私だけ、でも……ッ！」

ナムルスも涙をボロボロ流しながら、そう必死に訴えかけるが。

「バカ野郎……なんのために、俺がお前をそっちに残したと思ってんだ……」

グレンからは帰ってきたのは拒絶だった。

「お前をこっちに引き込んだら、誰が白猫達を崩壊する天空城から地上へ無事に送り届け

んだよ？」

「そっ、それは……」

このあまりに衝撃的な展開に、完全に意識の外だったが。

天空城の崩壊は――どんどん進んでいた。

このままでは、システィーナ達は生きて帰還することすら難しい。

「レ＝ファリアと合一した今のお前なら……皆《みんな》を連れて無事に地上へ帰還できる……そうだろ？　主《マスター》としての最初で最後の命令だ……頼むぜ」

「…………」

「俺のことは気にすんな……なんつーか、すっげえ不思議な気分なんだが……なんとなくこうなる気はしてたんだよ……これが自然の成り行きなんだってな。

ああ、今ならわかる……俺は……このために存在してたんだってな……」

「…………ッ！」

ナムルスはしばらくの間、俯《うつむ》いてぶるぶると震えていたが。

「……恨むわよ、グレン……貴方は……最低最悪の主様《マスター》だわ……ッ！」

そう吐き捨てるように、絞り出すように言って。

ルミアの背中に手を当て――ルミアの中から《黄金の鍵》を引きずり出す。

涙でぐじゃぐしゃの顔のまま、その鍵を頭上で振るうと。

光が溢《あふ》れ――ナムルスを中心に、システィーナ、ルミア、リィエルを、ぐるりと円で囲む。

光の柱が猛烈に輝き出し――システィーナ達の存在が薄れていく。

「せ、先生っ⁉　ナムルス、待って！　ちょっと――……」

「嫌……嫌です、先生……ッ！」

「グレン……ぐ、グレン……あ、あぁ……」

もうどうしようもない。

どうすることもできない。

こうしている間にも天空城の崩壊は進み……グレン達はどんどんと次元の彼方へと遠ざかっていく――……

「先生！　先生っ！　嫌……こんなお別れ、嫌ぁああああああああ！」

泣き叫ぶシスティーナ達へ。

「……ありがとうな、システィーナ、ルミア、リィエル」

グレンは小さく微笑《ほほえ》みながら言った。

「お前達のおかげで……俺は道を得た。お前達が教えてくれた。

もう、大丈夫だ。もう、俺はどこまでも歩いていける。

ただ、歩み続けるだけでいい……大したことじゃあないんだ。

それを教えてくれたお前達のためなら……お前達の世界を守るためなら……俺は、どこまでも歩いていける。

今なら、自信もって、胸張って言える。

俺は——〝正義の魔法使い〟、だからな」

「バカァアアアアアアアアア！　違う！　こんなの違う！　違うのよぉおおおおおおおおおお——ッ！　バカバカバカバカァアアアアア！」

泣きわめくシスティーナに、グレンは苦笑する。

「今生《こんじょう》の別れにひっでえなぁ、おい。まぁ……うん、アレだ。もっと上手《うま》いやり方が何かあんのかもしれねーけど……悪いな、マジで思いつかねえ。

今、直面してるこの世界の危機を救うには……もう、俺の頭じゃ、これしか思いつかねえんだ……本当に悪いな、最後まで三流魔術師でよ……」

そして、そんなグレンへ、空気を読まずに《無垢なる闇》が愉《たの》しそうに笑いかける。

『もうっ！　あんな終わった物語の小娘達《ヒロイン》なんか放っておいて、そろそろ、私を見てくださいよぉ！』

「黙れ」

『うふふふっ！　やっとまた始まりますねっ！　私と貴方《あなた》の物語！

　この世界におけるこれまでの貴方達の物語は、これから始まる私と貴方の物語の前日譚《たん》
……〝序章〟に過ぎないんですもんねぇ⁉』

「……黙れよ」

『さぁ、いつも通り愉しみましょう！　踊りましょう！　殺し愛ましょう⁉　私が子で貴方が鬼！　数多《あまた》の無限世界を舞台にした、壮絶な鬼ごっこの始まりです！

ルール！　貴方が私を追い続けている間は、私はこの世界には手出しできませぇん！

でもぉ？　貴方が敗北したり諦めたりしたら、ペナルティとして私の手で、この世界はジ・エンド！　バッドエンディング直行でえっす！

　さぁ、今回はどっちが勝つでしょうか⁉　ぷっ！　結末決まってますけどね⁉』

「黙れ！　お前だけは……お前だけはぶっ倒す！

お前みたいなふざけたやつに、俺達の世界は指一本触れさせせねえ！

地獄の底まで、宇宙の果てまで、未来永劫《えいごう》、お前を追いかけて、いつか必ず、滅ぼしてやる！　俺は——〝正義の魔法使い〟だッ！」

グレン達がそんなやり取りをしている間にも。

グレン達は断片次元ごと、彼方へ遠ざかっていき――
ナムルスを中心に発生する光の柱は、その輝きを増していく。
世界を白く、白く染め上げていく――
そして。

カッ！

全てが白く包まれて――
急に感じる無重力。
猛烈な風圧。
システィーナ達は――フェジテの遙《はる》か上空、空の世界に投げ出されていた。
徐々に崩れ、その存在が消えていく《メルガリウスの天空城》を頭上に仰ぎ見ながら。
システィーナ達は、無限の空を地上へ向かって落下していく――

「こ……」

落下しながら。
システィーナは……消えゆく天空城へと手を伸ばす。
そして——叫んだ。
「このロクでなしぃいいいいいいいいいいいいいいいいい——ッ!」
零《こぼ》れる涙が、突き上げる風圧に乗って、彼方へ散っていく。
真っ赤に燃ゆる黄昏《たそがれ》の光を受けて、きらきらと輝いていく。
——。
——。
——。
……こうして。

私達の……この世界の存亡をかけた戦いと冒険の日々は、幕を閉じました。
終わった直後は色々あったけど。
それからの日々は、それまでの混沌《こんとん》としていた日々が、まるで嘘《うそ》のような平和でした。

そして——

あれっきり。
先生が、この世界に帰ってくることは……
私達の前に姿を現すことは……二度とありませんでした。

# あとがき

こんにちは、羊太郎《ひつじたろう》です。

今回、『ロクでなし魔術講師と禁忌教典《アカシックレコード》』第二十三巻、刊行の運びとなりました。

編集者並びに出版関係者の方々、そしてこの『ロクでなし』を支持してくださった読者の皆様方に無限の感謝を。


とりあえず、最初に一言。

前回、この二十三巻で全てが完結するみたいなことを、あとがきで言いましたが、すみません……アレは嘘《うそ》です（）。

なんかもう予想外に分量が膨れ上がってしまったので、次の二十四巻で完結です。

それはさておき。

二十三巻……あー、ついにこの話を書く時がやってきてしまいました。

グレンというキャラクターを設定した時に、最後にどうしてもやりたかった展開。

ある意味、この作中、グレンにとっての最大最強の敵が今回の話のメインです。

辛《つら》い。

さすがに書いてて辛い。

でも、救いはあった。僕はそう信じています。

そして、今、強く思うのです。

グレン＝レーダスというキャラクターは、間違いなくこの『ロクでなし魔術講師と禁忌教典《アカシックレコード》』というお話の主人公であった、と。

君のおかげでここまで来た。後もう少しだ。頑張れ。

Twitterで生存報告などやってますので、ＤＭやリプで作品感想や応援メッセージなど頂けると、とても嬉《うれ》しいです。羊が調子に乗って、やる気ＭＡＸになります。ユーザー名は『@Taro_hituji』です。

それでは！　次は最終巻である二十四巻でお会いしましょう！

羊太郎

富士見ファンタジア文庫

ロクでなし魔術講師《まじゅつこうし》と禁忌教典《アカシックレコード》23

令和５年10月20日　初版発行

著者――羊《ひつじ》 太郎《たろう》

発行者――山下直久

発　行――株式会社KADOKAWA
〒102-8177
東京都千代田区富士見2-13-3
0570-002-301（ナビダイヤル）

印刷所――株式会社暁印刷

製本所――本間製本株式会社



ISBN978-4-04-075143-6 C0193 ◇◇◇

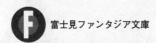

双星の
無名の青年が天下無双の大活躍！
彼の前世は、最強の英雄だ！
華流転生ソードファンタジー。

シリーズ好評発売中！
天剣使い
HEAVENLY SWORD OF TWIN STARS
名将の令嬢である白玲は、
一〇〇〇年前の不敗の英雄が転生した俺を処刑から救った、
才ある美少女。
それから数年後。
始まった異民族との激戦で俺達の武が明らかに――！
最強の白×最強の黒の英雄譚、開幕！
ファンタジア文庫

これは世界を救う
久遠崎彩禍。三〇〇時間に一度、滅亡の危機を迎える世界を救い続けてきた最強の魔女。そして──玖珂無色に身体と力を引き継ぎ、死んでしまった初恋の少女。
無色は彩禍として誰にもバレないよう学園に通うことになるのだが……油断すると男性に戻ってしまうため、女性からのキスが必要不可欠で!?
シン世代ボーイ・ミーツ・ガール!
1
王様のプロポーズ
King Propose
橘公司
Koushi Tachibana
[イラスト]──つなこ

最強の初恋
シリーズ
好評発売中!
ファンタジア文庫

無自覚最強ハーレム！
シリーズ
好評発売中！
妹が女騎士学園に入学したら
なぜか救国の英雄になりました。
僕《ぼく》が。
After my sister enrolling in Girl Knights' School, I become a HERO.
author. ラマンおいどん
ill. なたーしゃ
ファンタジア文庫

だって学園の誰より
兄さんのが
強いですから

## STORY

妹を女騎士学園に送り出し、さて今日の晩ごはんはなににしよう、と考えていたら、なぜか公爵令嬢の生徒会長がやってきて、知らないうちに女王と出会い、男嫌いのはずのアマゾネスには崇められ……え？　なんでハーレム？

「す、好きです!」「えっ? ススキです!?」。
陰キャ気味な高校生・加島龍斗は、
スクールカースト最上位&憧れの白河月愛に
罰ゲームきっかけで告白することになった。
予想外の「え、だって今わたしフリーだし」という理由で
付き合うことになった二人だが、
龍斗はイケメンサッカー部員に告白される
月愛の後をつけて盗み聞きしてみたり、
月愛は付き合ったばかりの龍斗を
当たり前のように自室に連れ込んでみたり。
付き合う友達も遊びも、何もかも違う2人だが、
日々そのギャップに驚き、受け入れ合い、
そして心を通わせ始める。
読むときっとステキな気分になれるラブストーリー、
大好評でシリーズ展開中!

# ありふれた毎日も
# 全てが愛おしい。

# 「済」みな「キ」「ミ」と、
# 「ゼ」「ロ」な「オ」「レ」が、
# き「合」いする「話」。

ファンタジア文庫
何気ない一言も
キミが一緒だと
経験
経験
お付
著／長岡マキ子
イラスト／magako

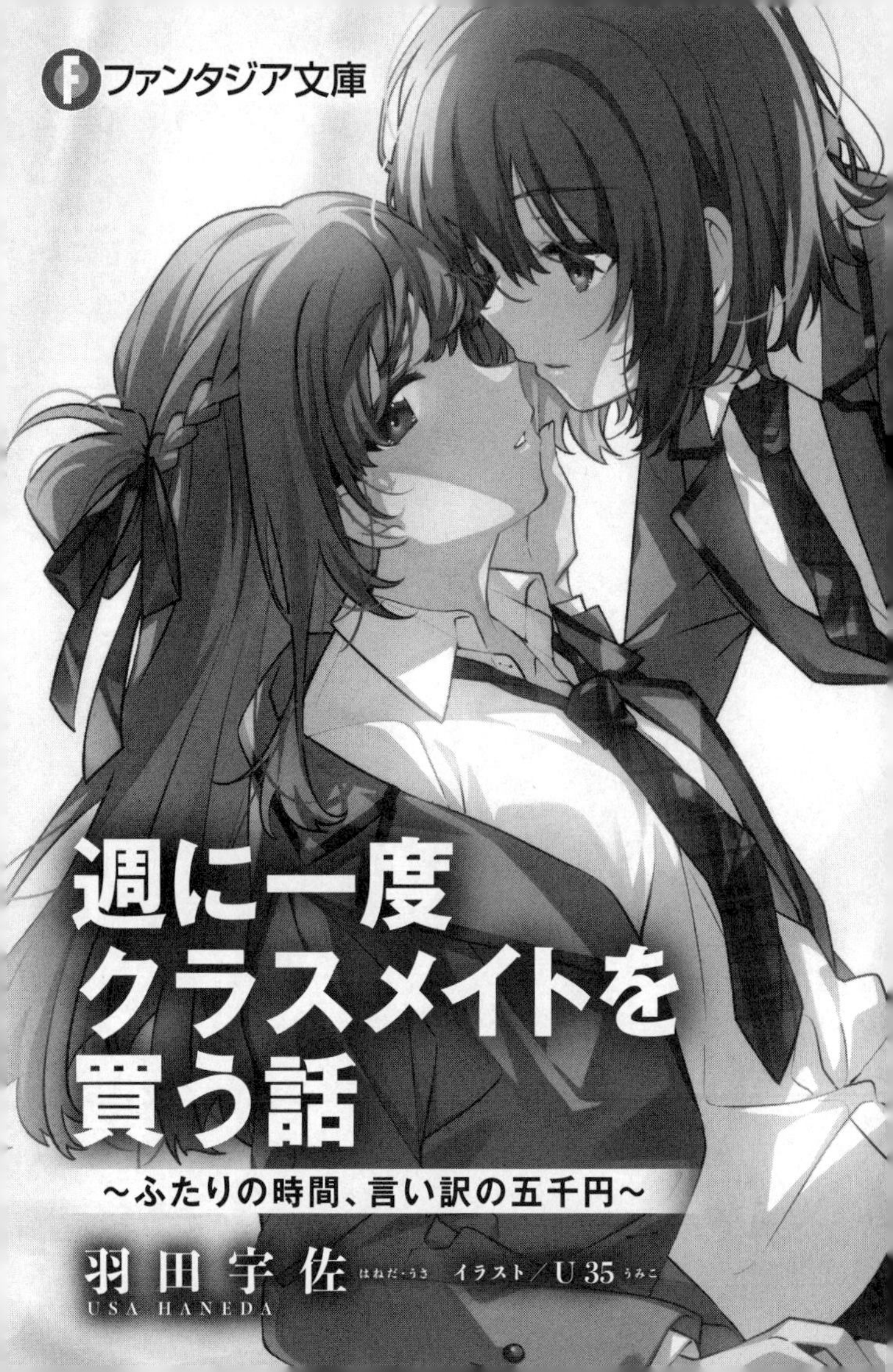
ファンタジア文庫
週に一度クラスメイトを買う話
～ふたりの時間、言い訳の五千円～
羽田宇佐《はねだ・うさ》　イラスト／U35《うみこ》
USA HANEDA

切り拓け！キミだけの王道
ファンタジア大賞
原稿募集中！
賞金
《大賞》300万円
《金賞》50万円
《銀賞》30万円
選考委員
細音啓 「キミと僕の最後の戦場、あるいは世界が始まる聖戦」
橘公司 「デート・ア・ライブ」
羊太郎 「ロクでなし魔術講師と禁忌教典《アカシックレコード》」
ファンタジア文庫編集長
前期締切 8月末日
後期締切 2月末日
公式サイトはこちら！ https://www.fantasiataisho.com/
イラスト／つなこ、猫鍋蒼、三嶋くろね